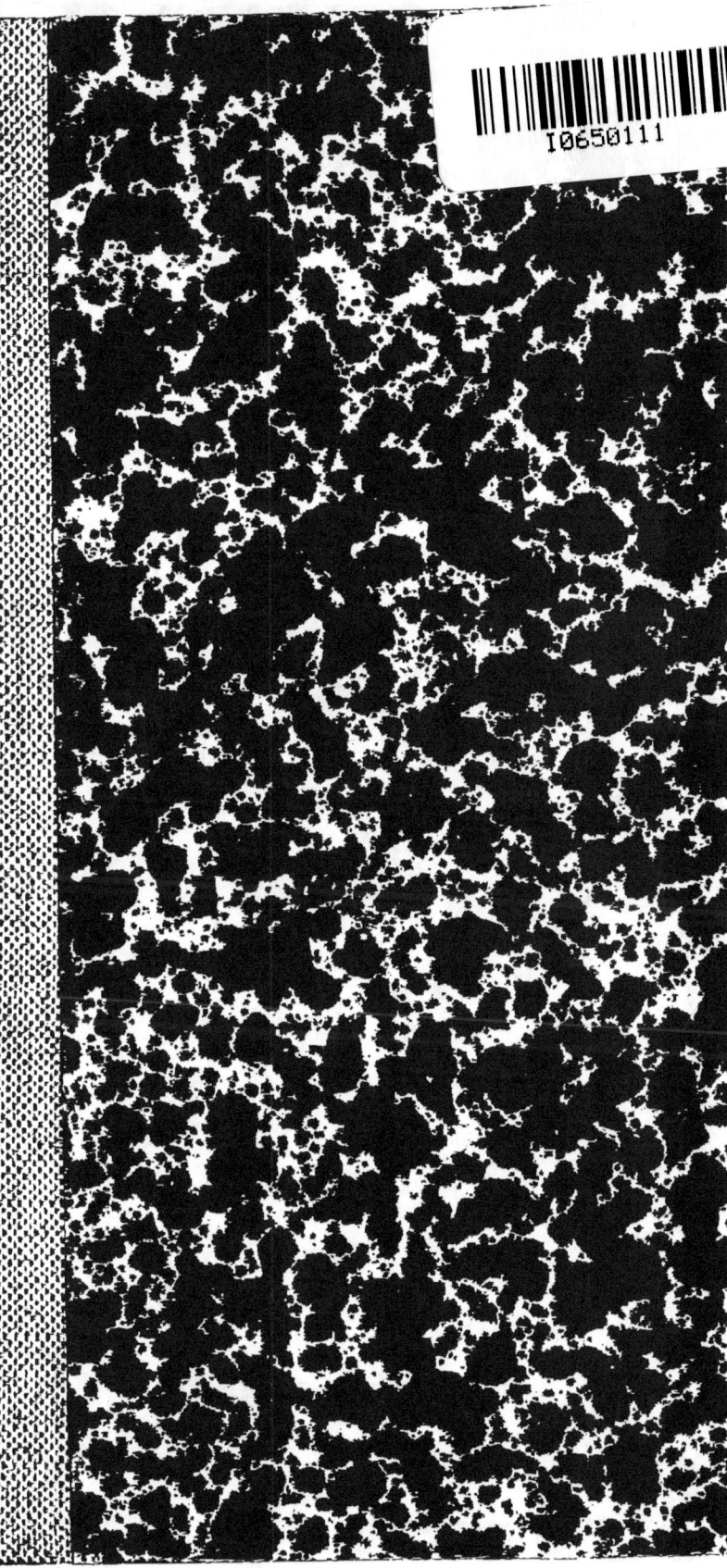

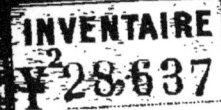
BIBLIOTHÈQUE NOUVELLE

2 francs le volume

MAXIME DU CAMP

L'HOMME

AU

BRACELET D'OR

NOUVELLE ÉDITION

M . L

PARIS

MICHEL LÉVY FRÈRES, LIBRAIRES-ÉDITEURS

RUE VIVIENNE, 2 BIS, ET BOULEVARD DES ITALIENS, 15

A LA LIBRAIRIE NOUVELLE

L'HOMME

AU BRACELET D'OR

DU MÊME AUTEUR

FORMAT GRAND IN-18

Mémoires d'un suicidé.................... 1 vol.

Les Six aventures...................... 1 vol.

Le Salon de 1861...................... 1 vol.

Le Nil................................ 1 vol.

Expédition des Deux-Siciles........... 1 vol.

Le Chevalier du Cœur saignant........ 1 vol.

Les Chants modernes, poésies.......... 1 vol.

FORMAT IN-8°

Les Convictions, poésies.............. 1 vol.

Paris. — Imp. PILLET fils aîné, 5, rue des Grands-Augustins.

L'HOMME

AU

BRACELET D'OR

PAR

MAXIME DU CAMP

PARIS

MICHEL LÉVY FRÈRES, LIBRAIRES ÉDITEURS
RUE VIVIENNE, 2 BIS, ET BOULEVARD DES ITALIENS, 15
A LA LIBRAIRIE NOUVELLE

—

1862

A MON AMI FRÉDERIC FOVARD

M. D.

L'HOMME

AU BRACELET D'OR

L'HOMME

AU BRACELET D'OR

I

En 1848, M. George d'Alfarey avait vingt-sept ans. C'était ce qu'on appelle dans le monde un jeune homme accompli. Une fortune convenable suffisait à ses goûts, et lui permettait de donner à sa vie une élégance sérieuse et sans futilité. D'une nature indépendante et légèrement sauvage, il n'avait choisi aucune carrière; mais, pour satisfaire aux exigences

1

de son esprit curieux, il avait cherché et trouvé dans l'étude des langues un apaisement aux besoins de travail qui le tourmentaient : il avait été l'un des auditeurs les plus assidus de Burnouf, et il était en correspondance familière avec le docteur L..., de Berlin. Ses amis se moquaient un peu de lui et l'avaient surnommé *George Pentecôte ;* il les laissait rire et ne s'en penchait qu'avec plus d'ardeur sur les étranges alphabets que dessinent de leur *calam* les peuples de l'Asie.

Fils unique, rejeton plus rêvé qu'espéré d'un mariage tardif, il était né d'un père à cheveux blancs pour lequel il professait une tendresse respectueuse qui touchait de près à l'admiration. Le vieillard était demeuré dans le souvenir de son fils comme le type idéal de l'indulgence et de la fermeté. Il y avait en effet dans ses allures quelque chose de froid et de doux que pouvaient expliquer un grand mépris des hommes et l'habitude de la souffrance. C'était un an-

cien conventionnel rallié au régime impérial ; mais
quoique le titre de comte et une dotation assez im-
portante fussent venus solliciter son absolu dévouement, il avait su conserver une indépendance d'opi-
nions que rien ne put jamais vaincre. La restau-
ration rejeta violemment M. d'Alfarey dans la vie
privée, où le repos qu'il avait espéré lui devint un
insupportable ennui ; seul et sans famille, il voulut
s'en créer une. Malgré les bons conseils de sa raison
et de son expérience, il épousa une jeune fille de
vingt ans qui avait quelque beauté, peu de fortune
et un vif désir de s'entendre appeler madame la com-
tesse. La réaction était ardente en ce temps-là contre
les idées libérales et impériales, qu'un étrange compromis avait confondues dans la même espérance, et
M. d'Alfarey sentit, à l'accueil personnel qu'on lui
fit lorsqu'il présenta sa femme dans le monde, que
l'heure n'était point encore venue de sortir de sa
retraite ; il s'enferma donc de nouveau, laissant à la

jeune mariée une liberté dont elle usa parfois jusqu'à
l'indiscrétion. Madame d'Alfarey sortait souvent seule
le soir, et lorsqu'elle restait chez elle, un cercle de
jeunes gens et de femmes à la mode s'empressait dans
son salon. Elle avait bien quelques favoris parmi
ceux qui l'entouraient, mais son vieux mari semblait
ne rien remarquer ; il accueillait tout le monde avec
la même politesse froide, où un observateur sagace
aurait sans doute découvert une imperceptible
nuance de résignation. Il parlait peu, n'écoutait
guère les frivolités qui se débitaient devant lui, et ne
se mêlait que très-rarement à la conversation générale. Toutes les fois qu'on avait essayé de le faire
causer sur les événements extraordinaires auxquels
il avait été mêlé, il était resté muet, repoussant les
questions par un mot poli, mais n'y répondant pas.
On riait bien un peu de lui, on plaignait volontiers
madame d'Alfarey d'être mariée à ce vieux jacobin,
ainsi qu'on le nommait ; mais chacun lui témoignait

en face un respect profond qui n'était pas exempt
d'une certaine crainte.

Il était marié depuis plusieurs années déjà, et tout
espoir de paternité l'avait abandonné, lorsque sa
femme mit au monde un enfant qui fut George. Cette
naissance parut ne faire aucune impression sur
M. d'Alfarey; il n'avait pour le pauvre petit être
vagissant aucune de ces chatteries qui sont la joie des
cœurs paternels, et lorsqu'il parlait de George à sa
mère, il lui disait invariablement : Votre fils. Cela
dura longtemps ainsi. Un jour que le vieillard paraissait plus sombre encore que d'habitude, il prit
George, qui avait alors près de trois ans, dans ses
bras ; il le tint debout devant une glace et le regarda
longuement avec une attention dont le bambin se
lassait. Il sembla comparer trait à trait ces deux visages, l'un fatigué, jauni, sillonné par l'âge, l'autre
frais, rose, tout brillant de vie et de santé ; entre eux,
il découvrit, malgré une si grande dissemblance,

des rapports réguliers dans les lignes principales.
Le vieil arbre et la jeune pousse étaient bien de la
même essence ; une larme mouilla les yeux de ce
père qui se reconnaissait enfin, et, pressant George
contre sa poitrine, il l'embrassa avec une tendresse
émue, en disant tout bas : — O mon enfant !

De ce jour, M. d'Alfarey devint, en réalité, le guide
unique de son fils, et pour ainsi dire son camarade.
Il le menait promener, jouait avec lui, lui apprenait
à lire, lui expliquait la signification des choses, et
semblait vouloir, à force de soins, de patience, de
maternité, jeter dans cette jeune tête toutes les fer-
metés qui raidissaient son âme. Souvent même le
soir, lorsque l'enfant, couché par une servante, demandait sa mère, et qu'on lui répondait qu'elle était
à l'Opéra, ou au bal, ou dans son salon, qu'elle ne
pouvait quitter, M. d'Alfarey apparaissait, s'asseyait
près du petit lit, et prenant une des mains de son fils
dans les siennes, il lui contait de belles histoires

toutes pleines de fées resplendissantes, dont les mer-
veilleuses aventures le berçaient doucement jusqu'à
ce qu'il fût emporté par le sommeil.

Le temps marchait; chaque année, le vieillard se
courbait un peu plus vers la terre, et l'enfant se
dressait dans la vie, fort, déjà sérieux, écoutant avec
une sorte de recueillement attendri les phrases qui,
des lèvres paternelles, tombaient nettes, concises et
formulées comme des sentences. L'union entre ces
deux êtres était profonde. George n'eut point de pré-
cepteur et ne fut point emprisonné dans un collége;
son père sut se multiplier pour suffire à tout, et nul
autre que lui ne s'occupa de l'éducation de son fils.
Madame d'Alfarey s'accommodait fort de ce genre
d'existence; son fils la débarrassait de son mari, son
mari la débarrassait de son fils, et quoiqu'elle ne fût
point mauvaise mère, elle trouvait dans cet arrange-
ment une latitude plus grande pour les galanteries
qui l'occupaient. George l'aimait cependant; mais

l'affection qu'il lui portait ne se pouvait comparer à celle qu'il ressentait pour son père. Une circonstance toute fortuite devait affaiblir encore cette affection et lui imposer une contrainte qui refroidit singulièrement les rapports entre le fils et la mère.

Un soir que George avait été conduit au bal, il s'était réfugié dans un salon isolé pendant que son père jouait au whist dans une chambre voisine et que sa mère valsait, malgré les trente-sept ans qui avaient alourdi sa beauté sans trop la détruire. Il était assis dans un coin, sur un canapé, et devant lui trois ou quatre jeunes gens qui ne le connaissaient pas, placés près d'une table à jeu abandonnée, maniaient machinalement les cartes et les fiches, tout en causant à voix haute et en examinant les danseuses qui passaient alternativement devant la porte ouverte.

— Madame d'Alfarey est encore belle, dit l'un.

— Bah ! répliqua un autre, la galanterie conserve

les femmes comme l'esprit-de-vin conserve les ser-
pents.

— Est-ce toujours le grand C..... qui est son
amant?

— Eh ! qui sait ? Peut-être oui, peut-être non, peut-
être oui et non ; souvent femme varie, et celle-là abuse
de la permission. Son cœur est une girouette qui
tourne lors même que le baromètre est à beau fixe.

— C'est égal, interrompit un troisième, c'est une
femme forte ; elle a su bel et bien engourdir ce vieux
jacobin d'Alfarey ; elle a eu le talent d'avoir un fils
qui lui assure pour l'avenir la fortune de son mari,
et de plus elle a si habilement manœuvré dans son
intérieur que le père et l'enfant s'adorent, absolument comme s'il y avait entre eux autre chose qu'une
responsabilité d'éditeur...

— Mais qui diable était donc son amant quand ce
fils est apparu un beau matin comme un nouvel enfant du miracle?

1.

— C'était V...; non, c'était R...; ma foi, je n'en sais plus rien ; mais à coup sûr c'était quelqu'un.

Toutes ces paroles, empreintes du cynisme dont les hommes abusent lorsqu'ils causent entre eux, tombèrent comme un flot de glace sur le cœur de George. Quoique fort ignorant de la vie, il en savait et surtout il en devinait assez pour comprendre ce qu'il avait entendu. Trop jeune pour n'être pas ridicule s'il relevait l'insulte que le hasard lui adressait, il courba la tête sous une honte qu'il ne connaissait pas encore, et sortit tremblant de cet odieux salon pour se mêler à la foule des curieux et des danseurs. Il fut silencieux en revenant chez son père, qu'il suivit dans sa chambre à coucher ; une grande amertume montait en lui, il savait qu'il devait se taire, et cependant il sentait une question terrible ouvrir ses lèvres malgré lui. Son père était debout devant la glace, occupé à se débarrasser de son costume. George s'approcha de lui, l'embrassa ; puis, comme par un subit enfantillage, mettant sa tête près de la sienne, les regardant toutes deux, les comparant, il s'écria : — Voyez donc, père, je suis à présent presque aussi grand que vous.

Dans la glace qui renvoyait la double image, M. d'Alfarey surprit sur le front de son fils une inquiétude inaccoutumée ; dans ses yeux encore inhabiles à dissimuler, il vit passer le sentiment douloureux qui torturait l'âme du pauvre enfant ; il se rappela que lui-même, treize ans auparavant, dans une heure d'angoisse, il avait comparé et pour ainsi dire compulsé les traits de ces deux visages, dont l'un semblait poser aujourd'hui à l'autre une insoluble question. Avec sa perspicacité habituelle, il comprit le doute qui troublait son fils, et devina que quelques méchants propos l'avaient frappé en plein cœur. Se tournant alors vers George, lui posant les mains sur les épaules, le regardant avec une douceur où étaient contenus tous les amours de la paternité, il lui dit :

— Tu as entendu quelque sottise ; ne le nie pas, je le devine. Pourquoi t'en troubler ? Prends l'habitude de ne jamais laisser descendre jusqu'à ton âme les paroles outrageantes qui tomberont dans ton oreille. Il est tard, va dormir ; mais va d'abord embrasser ta mère... Et, ajouta-t-il, ouvrant les bras et scandant chacune de ses paroles, embrasse aussi ton père, mon fils ! mon cher fils !

George fut-il dupe de la supercherie de son père ? Je l'ignore ; mais je sais que dès ce jour il sentit malgré lui s'étioler l'affection qu'il portait à sa mère et se faner cette fleur de respect qui est le parfum des vraies tendresses. Intolérant comme le sont les jeunes gens qui n'ont point souffert encore, il avait des mouvements d'irritation et presque de ressenti-ment contre sa mère ; alors il ajoutait foi aux pa-roles mauvaises qu'il avait entendues, il trouvait su-blime le mensonge paternel, il avait pour le vieillard une compassion douloureuse qui remuait toutes les

fibres de son être ; il eût voulu, à force de dévouement, lui faire oublier des chagrins refoulés qu'il
entrevoyait sans pouvoir en mesurer la profondeur.
Il comprenait que toute la vie conjugale de M. d'Alfarey avait eu pour base le dogme divin du sacrifice,
et ce fut dans ces moments-là, moments pleins de
lutte et de torture, qu'il se forma pour lui-même et
pour son existence entière la première notion du
devoir ; elle lui apparut comme une loi implacable
à laquelle toute nécessité doit céder. Le doute poi-
gnant qui venait l'assaillir lorsqu'il pensait à sa mère
mit dans son âme une volonté de bien faire et un imperturbable amour du droit qui furent l'orgueil et
firent le malheur de sa vie.

Il avait vingt-deux ans quand son père mourut ;
la dernière parole du vieillard à son fils fut le mot
de Pasquier Quesnel : « Rien n'est nécessaire que ce
qui est éternel. » Et il ajouta : « Il n'y a d'éternel
que la vérité! »

Après cette mort, George se sentit bien seul ;
il s'arrangea un appartement séparé dans l'hôtel
qu'habitait sa mère, à laquelle il rendait attentivement ses devoirs tout en lui faisant comprendre qu'il
désirait mener une existence indépendante, et il se
livra à ses études de prédilection. Sa vie fut simple,
sans grandes passions, sans amour même, car sa nature froide et concentrée n'était pas faite pour être
émue par les faciles coquetteries qui sollicitaient sa
jeunesse. Son grand œil, d'un bleu presque noir, que
semblaient rendre plus doux encore la pâleur mate
de son visage et son large front déjà un peu dégarni,
glissait vaguement sur les femmes qui cherchaient
son regard, et ne tardait pas à rester fixe comme s'il
eût été absorbé dans la contemplation des choses
intérieures. Il eut cependant quelques-unes de ces
petites aventures secrètes auxquelles ne peut se sous-
traire un homme du monde, mais on pourrait dire,
presque à coup sûr, que son cœur n'y fut pour rien.

Il n'avait donc pas encore aimé et commençait à croire fermement qu'il n'aimerait jamais, lorsque, vers la fin de l'année 1848, il rencontra dans un salon madame de Chavry, dont le mari, ministre plénipo-tentiaire dans une cour d'Allemagne, avait été rap-pelé en France à la suite des événements de février; le diplomate en retraite s'était établi à Paris, où vivait sa famille, et avait repris les relations que son absence avait relâchées sans les interrompre.

George avait vu autrefois Pauline de Chavry lors-qu'elle était jeune fille, et il avait vite renoué con-naissance. Il passa une soirée assis près d'elle, trou-vant dans cette intime causerie un plaisir qu'il n'avait pas encore ressenti, charmé de saisir dans les idées de la jeune femme quelque parenté avec les siennes. Toutes frivoles que soient les conversations de ceux qui se disent exclusivement les gens du monde, il est possible cependant d'y prendre intérêt lorsqu'on a la chance rare de trouver un écho et un encoura-

gement à ses propres pensées. Madame de Chavry
venait de passer dans une petite ville d'Allemagne
quatre longues années remplies par les ennuyeux
devoirs qui font pour les femmes un supplice de la
vie diplomatique. Dans ce qu'elle appelait plaisam-
ment son exil en terre d'infidèles, elle avait désappris
cette netteté rapide des causeries parisiennes : aussi
mit-elle un soin tout particulier à soutenir la conversation avec George; lui-même, entraîné par un
attrait qu'il subissait sans l'analyser, il fut brillant,
beau conteur, et sut donner la réplique de façon à
faire ressortir l'esprit des autres sans faire tort au
sien. Ils se séparèrent en se serrant la main à l'anglaise.

— J'espère vous revoir, dit Pauline à George. Le
mardi soir, je suis chez moi, et dans la semaine mes
amis sont presque toujours certains de me rencontrer
avant quatre heures.

Le lendemain, George hésita un peu à se mettre

au travail; il avait plus envie d'aller se promener que de traduire un chapitre du *Yiadjour-Veda*, étalé sur sa table en belles planchettes de palmier de Ceylan. Il posa son menton sur ses deux mains, et sachant par expérience qu'on n'a pas de pensées, mais qu'au contraire ce sont les pensées qui nous ont, il s'abandonna à celles qui le dominaient. Bien vite elles lui rappelèrent la soirée de la veille et lui montrèrent Pauline assise sous la clarté des lampes et l'écoutant causer. Il la revit telle qu'elle était, non pas jolie, belle encore moins, mais mieux que cela, charmante. Il se rappela ses airs de tête, l'énorme nœud de cheveux blonds qui s'appuyait sur son cou, cette voix légèrement voilée qui résonnait comme les touches lointaines d'un harmonica, et surtout ce regard profond comme la mer, dont il avait l'indicible couleur. Il se rappela l'adroite agilité de ses mains, dont les doigts, un peu longs, avaient la finesse des fuseaux d'ivoire que font tourner les fées,

l'extrême simplicité de sa mise, qui indiquait un
goût sûr et une âme honnête. Il se répéta quelques-
unes des paroles qu'ils avaient échangées; il s'avoua
que, de toutes les femmes qu'il avait rencontrées,
celle-là lui paraissait la plus parfaite, et il s'étonna
beaucoup de ne pas l'avoir remarquée lorsqu'elle
était jeune fille. Dans la fleur épanouie, il respirait
maintenant un parfum qu'il n'avait pas su deviner
autrefois, quand elle n'était encore qu'un bouton
fermé. — J'aurai grand plaisir à la revoir, se dit-il
après une longue rêverie; mais cela ne doit pas m'empêcher de travailler.

Ce fut en vain cependant qu'il essaya; les planchettes du manuscrit se mêlaient, le dictionnaire tra-
duisait mal les mots, et l'encre était trop blanche. Il
trempa gravement sa plume dans sa sébile à poudre,
la jeta avec colère, et alla se promener. En arpentant
les Champs-Élysées, il s'aperçut plusieurs fois qu'il
parlait tout haut. Le soir, il alla à l'Opéra, et ne prit

place dans sa stalle qu'après avoir attentivement regardé toutes les loges. On donnait *les Huguenots* ; au quatrième acte, pendant le duo de Raoul et de Valentine, il se sentit les yeux humides. En rentrant chez lui, il s'arrêta à regarder la lune, et la trouva fort belle.

— Ah çà ! se dit-il en se couchant, qu'est-ce qui m'arrive ? Suis-je fou ? C'est à n'y rien comprendre !... Bah ! ajouta-t-il, sans trop croire à ses paroles, c'est le vent d'est qui m'aura fait mal aux nerfs !

Il est probable que le vent d'est soufflait encore le lendemain, car le manuscrit fut tout aussi embrouillé que la veille, le dictionnaire tout aussi insuffisant. Voyant que le travail ne voulait pas de lui, George se rappela qu'il devait des visites à plusieurs personnes, et s'en alla tout droit chez madame de Chavry, à qui il n'en devait pas.

Tout en l'accueillant avec cette exquise politesse des femmes du monde, politesse qui le plus souvent

consiste à prendre le dehors des sentiments que l'on
devrait éprouver, Pauline ne put dissimuler une certaine surprise en le voyant entrer. Était-elle étonnée
de cette visite si précipitée ? Était-elle étonnée de ce
qu'il apparaissait au moment même où elle pensait à
lui ? C'est là un point douteux, difficile à éclaircir.
Elle était seule, en simple robe du matin, assise près
du feu, travaillant au métier ; son fils, beau petit
garçon de trois ans, qu'on appelait Firmin, jouait
devant elle sur le tapis. George s'était imaginé qu'il
allait reprendre avec Pauline la causerie vive et familière qui l'avant-veille l'avait charmé : il n'en fut
rien. Pauline fut d'une froideur extrêmement aimable,
rien de plus, et lui-même, il eut quelque peine à relever la conversation, qui tombait à chaque phrase.
Je ne sais s'ils avaient quelque chose à se dire ; en
tout cas, il n'y parut guère, car jamais semblables lieux
communs ne furent échangés entre deux êtres doués
d'intelligence. Pauline l'aidait peu, semblait s'inté-

resser aux inutilités qu'il lui débitait, répondait par petites phrases insignifiantes, et tirait l'aiguille avec une désespérante régularité. Au bout d'une demi-heure de ce supplice, George s'en alla; il était de fort mauvaise humeur, et ne s'expliquait pas cette sorte de paralysie intellectuelle qui l'avait subitement frappé. Pauline n'était pas plus gaie, et se demandait, sans pouvoir se répondre, d'où venait ce malaise qu'elle avait ressenti pendant la visite de George. Elle en était fort troublée, et sans doute elle eût été plus troublée encore, si, voyant cet effet, elle avait pu en comprendre la raison suffisante, ainsi qu'aurait dit le docteur Pangloss.

A dîner, George était préoccupé, et sa mère le remarqua. Avec cette persévérance habile d'une femme que les scrupules n'ont jamais beaucoup retenue, elle arriva, par mille détours, à faire sortir des lèvres de son fils le nom qui vivait déjà au fond de son cœur. George cependant ne fut rien moins qu'expansif, mais

sa mère ne s'y trompa guère. Il raconta simplement
qu'il avait vu madame de Chavry deux jours auparavant, et qu'il avait été dans la matinée lui faire une
visite, ainsi qu'il y avait été autorisé par elle ; il dit
sans méfiance qu'il s'était trouvé fort sot et qu'il ne
se sentait pas dans son équilibre ordinaire, quoiqu'il
ne sût comment expliquer le trouble qu'il éprouvait.
En entendant prononcer le nom de Pauline, madame
d'Alfarey avait jeté sur George un de ces regards d'in-
quisition maternelle qui fouillent l'âme jusque dans
ses replis les plus profonds et savent deviner un secret là même où souvent il ne se soupçonne point
encore. — Ah ! tu as rencontré la petite de Chavry !
dit madame d'Alfarey : il y a des gens qui en disent
quelque bien ; mais en réalité c'est une poupée préten-
tieuse qui fait de grands étalages de vertu et qui s'ha-
bille en quakeresse, comme si nous étions faites pour
vivre dans des couvents. Sa mère, que j'ai connue,
était une fort ridicule personne, tout en Dieu, et mys-

tique, ainsi que l'on dit aujourd'hui ; elle a donné à sa fille la plus sotte éducation du monde, et la pauvre petite n'en a que trop bien profité. Son mari du reste est un galant homme, il entend la vie qui convient aux gens comme il faut.

Malgré lui, George prit la défense de madame de Chavry avec un peu trop de chaleur peut-être ; il s'emporta jusqu'à dire à sa mère qu'il n'avait pas encore rencontré une femme plus charmante ni plus aimable, au sens originel du mot, c'est-à-dire digne d'être aimée.

— Tant pis, reprit imperturbablement sa mère, car l'amour a peu de chances d'émouvoir ce petit cœur sec et personnel. Quand elle habitait l'Allemagne, un gentilhomme galicien, le comte Ladislas Palki, très-célèbre par une aventure terrible, s'occupa d'elle sans réserve ; mais il en fut pour ses frais. Du reste, il n'en a pas gardé rancune, si ce que l'on dit est vrai, car il est resté un de ses amis les plus fidèles.

George, malgré tous ses efforts pour demeurer calme et malgré l'étonnement que lui causait l'intérêt qu'il prenait à ces détails donnés d'une voix légèrement railleuse, les écoutait avec une inquiète curiosité. Au nom du comte Palki, une douleur passa dans son cœur comme si la jalousie l'avait mordu, et il resta assez morne pendant tout le repas. Aussitôt après le dessert il sortit.

— Eh ! suis-je sot ! se dit-il dès qu'il fut dans la rue. Que me font toutes ces histoires sur madame de Chavry ? Que m'importe que ce Polonais en ait été inutilement amoureux ?

Cela lui importait sans doute, car il ne cessa de penser à madame de Chavry toute la soirée ; à travers les phrases aigres-douces de sa mère, il croyait reconnaître la jalousie familière aux femmes du monde contre toute réputation intacte et méritée. Cette réputation d'une vertu qu'en raillant on appelait du puritanisme, Pauline la méritait à tous égards. Sévèrement élevée par sa mère, elle avait imaginé qu'elle trouverait dans le mariage la réalisation de tous ses rêves. Or son rêve par excellence avait été celui qui fait battre le cœur des femmes, créatures plus intentionnellement vertueuses qu'on ne le dit, plus généralement déçues que décevantes, et qui toutes, à part quelques malsaines exceptions, ont rêvé et cherché l'amour dans le devoir. Pauline se maria; elle crut naïvement et avec la bonne foi des âmes honnêtes que son rêve était réalisé; l'illusion s'effaça peu à peu, l'amour s'envola un beau jour, et seul, austère et grave, le devoir resta. M. de Chavry cependant n'était pas un mauvais mari, tant s'en faut : il avait même pour sa femme une sérieuse affection, mille soins aimables et une sincère déférence. Seulement, ainsi qu'il le disait avec une bonhomie un peu trop franche, il avait ses habitudes; or ses habitudes étaient d'aller souvent au club, d'aimer le monde, qu'il ménageait beaucoup, et de croire qu'on ne

2

commet pas un gros péché en ayant deci, delà, quelques galanteries, pourvu toutefois qu'elles ne trou-
blent pas la paix du ménage. Il avait dans Pauline
une confiance illimitée, car, avec le tact des gens
accoutumés à étudier les hommes afin de s'en servir,
il avait reconnu en elle des qualités sérieuses qui ne
failliraient point. Il savait que son honneur, puisque
cela se nomme ainsi, serait sauf à jamais, et il con-
servait à cet égard une sérénité parfaite. Si Pauline
n'avait pas son amour, en revanche elle avait toute
son estime; nul plus que lui n'eût été surpris si elle
eût commis une faute. Si elle avait eu un amant, il
en eût souffert par vanité; mais par vanité aussi il
n'en eût rien laissé paraître et s'en serait accommodé,
car il pensait qu'un homme qui se respecte ne doit
point se scandaliser de ces sortes de choses et aller les
crier par-dessus les maisons.

M. de Chavry, tout gracieux et tout attentif qu'il
fût pour sa femme, n'était donc point l'homme qui

devait ouvrir à Pauline les beaux horizons que ses
rêveries de jeune fille avaient entrevus. Elle ne
tarda point à reconnaître que cette grande aptitude
pour les affaires cachait une nullité dupe d'elle-même;
sous les dehors d'une amabilité empressée, elle découvrit promptement une nature mobile à l'excès, et
si elle eut à M. de Chavry quelque reconnaissance de
mener une vie extérieurement à l'abri de reproches
graves, elle ne lui pardonna guère le vide énorme où
il la laissait s'agiter sans point d'appui entre les besoins d'aimer, qui, restant inassouvis en elle, criaient
souvent plus haut qu'elle n'aurait voulu, et la voix
du devoir, dont les impérieuses exhortations la pous-
saient sur les durs chemins du sacrifice et de l'abnégation. Elle n'hésita point; et après bien des combats
secrets dont elle fut, si j'ose le dire, le théâtre et l'ac-
teur, elle fit ce qu'il y a de plus difficile à faire dans
la vie, elle prit son parti. — Puisqu'il ne m'a pas été
donné d'être l'épouse que j'aurais voulu être, se dit-

elle, je serai mère, rien de plus, mais rien de moins...
Décision fort belle assurément, mais qui la laissait
aux prises avec des troubles qu'elle ne dominait qu'à
force d'énergie et de volonté, car, hélas ! il faut bien
le dire, le sentiment maternel, quelque puissant qu'il
soit, n'a jamais chez la mère fermé le cœur de la
femme, être d'expansion illimitée, qui a besoin, pour
vivre en équilibre avec elle-même, de répandre les
sentiments multiples qui se renouvellent incessam-
ment en elle, sans jamais s'affaiblir. Aussi, malgré
sa résolution prise et malgré les soins assidus dont
elle entourait son fils, Pauline avait ses heures de
défaillance et de révolte. Parfois, dans ces courts
instants de doute, son mari paraissait s'inquiéter de
la voir quitter tout à coup son ouvrage et rester, la
tête appuyée sur la main, immobile et les yeux perdus
dans une sorte de lointaine contemplation. Il comprenait vaguement que sa femme n'avait point tout
ce qu'elle désirait; il craignait par-dessus tout qu'elle

ne s'ennuyât, car l'expérience lui avait appris que l'ennui est mortel à la paix domestique. Il lui proposait alors, que sais-je? d'aller dans le monde, à l'Opéra, au bois de Boulogne, d'acheter une maison de campagne et d'y vivre quelques mois de l'année. Pauline lui prenait la main, le remerciait de sa bonté, souriait intérieurement de cet empirisme conjugal, et il s'en allait, ne comprenant rien à ce qu'il appelait des grimaces. Il se consolait en se disant : — Bah ! elle est si nerveuse ! — Et il n'y pensait plus.

Pauline y pensait, tout en accusant le sort. Résolue cependant à ne jamais faillir, résignée à ne jamais aimer, puisqu'elle ne pouvait aimer qu'en sortant du devoir juré et accepté, elle vivait en repos, sans bonheur, il est vrai, mais aussi sans chagrin, d'une existence neutre, occupée d'intérêts secondaires, et que rien maintenant ne semblait devoir troubler, lorsque le hasard des rencontres amena près d'elle George d'Alfarey, dont la vie était, par tant de côtés, sem-

2.

blable à la sienne. De la conjonction de ces deux
cœurs profondément honnêtes devait naître une passion sérieuse, d'autant plus violente qu'elle serait
plus combattue.

Depuis sa visite à Pauline, George n'avait pu reprendre goût à ses occupations habituelles; il rêvas-
sait, se promenait, fuyait le monde plus encore que
de coutume, rompait brusquement la conversation
lorsque sa mère voulait lui parler de Pauline. Quand
il la revit un soir dans un salon où il se doutait bien
qu'elle serait, il ne put conserver aucune illusion sur
l'état de son cœur en sentant l'oppression qui serra sa
gorge dès qu'il l'aperçut. Assis immobile à ses côtés,
il resta longtemps silencieux, absorbé dans une
émotion trop forte pour être sagement contenue.
Tout en se mêlant à la conversation, Pauline le
regardait; elle le trouvait pâle et comme maigri
depuis qu'elle ne l'avait vu. Souffrait-il ? et de
quel mal ? La discussion continuait. Chacun y jetait

son mot, banal ou profond. Pauline n'écoutait plus, elle pensait à George. Avec la merveilleuse intuition des femmes, elle devinait qu'elle était pour quelque chose dans sa mélancolie. Toute flamme attire les papillons; tout amour attire les femmes, quelque vertueuses qu'elles soient, et je ne crois pas, malgré son habituelle et charmante réserve, que tout intérêt personnel fût hors de sa curiosité, lorsque, se tournant vers George, elle lui dit: — Mais qu'avez-vous donc?

George tressaillit; pendant quelques secondes, il fixa tristement ses yeux sur elle, et lui dit à voix basse, avec une intonation si douce qu'elle ressemblait à une caresse, ce vers d'un poëte dont je ne sais plus le nom:

J'ai plus d'amour au cœur que je n'en puis porter !

Pauline baissa les yeux et contempla attentivement les peintures de son éventail. Arraché à sa rêverie,

George se jeta brusquement dans la discussion. Je ne
sais quelle chaleur l'animait, mais on l'écoutait en
silence; les femmes le regardaient, et les hommes
inclinaient la tête comme pour mieux recueillir cette
jeune parole dont l'éloquence singulière éclatait à
travers les raisonnements les plus sérieux. Tout sentiment intérieur modifie l'expression du corps, et
l'homme qui aime, lorsqu'il parle, fût-ce de philosophie ou de politique, a dans la voix je ne sais quelle
note nouvelle qui lui donne des sons plus doux, plus
sonores et pour ainsi dire plus musicaux. Pauline
était pénétrée de cette harmonie à la fois tendre et
puissante; une sorte de force magnétique s'en déga-
geait, qui la frappait et remuait toutes les fibres de
son cœur. « C'est pour moi qu'il parle, » se disait-
elle, et lui-même, malgré lui, à son insu peut-être,
c'est son approbation qu'il cherchait, c'est à elle seule
qu'il s'adressait.

George partit le premier, ce qui eût été une coquetterie raffinée si elle eût été réfléchie ; il partit simplement pour éviter de revenir avec sa mère, car il redoutait qu'elle ne lui fît encore quelque plaisanterie sur Pauline. Dès qu'il eut quitté le salon, ce fut un concert d'éloges ; mais Pauline écoutait dans son cœur une voix qui parlait de George mieux et plus haut.

— Il est charmant, dit une femme d'un certain âge ; nous devrions le marier, ce beau raisonneur.

— Y pensez-vous, madame ? répliqua Pauline avec une rapidité difficilement explicable. Et à quoi bon ? laissez-lui donc son indépendance et les sérieux loisirs qui occupent sa jeunesse !

Madame d'Alfarey se pencha en ce moment à l'oreille de Pauline. — Nous y veillerons, lui dit-elle en souriant, et je crois, ma chère belle, qu'il aimerait à vous consulter avant de prendre une aussi grosse détermination.

George cependant était seul en face de sa con-

science, et il s'interrogeait. La nuit fut longue et
grave ; ce fut pour lui comme une veillée d'armes à
l'heure d'entreprendre un de ces combats solitaires
qui n'ont pour témoins que les pensées les plus secrètes, et d'où l'on veut sortir vainqueur pour bien
mériter de soi-même. Il alla droit au mal ; à travers
ses doutes et ses irrésolutions, à travers les sollici-
tations de sa jeunesse et les entraînements où l'amour
le poussait, il sut dégager la vérité ; il comprit, avec
une abnégation où l'orgueil eut sa part, qu'il était
entraîné par une passion sérieuse et profonde. L'intérêt de sa propre grandeur ne lui commandait-il pas
de conserver toujours cette passion intacte et pure ?
Il dédaigna ces chemins vulgaires qui nous condui-
sent presque sûrement au but de nos convoitises ; il
se résolut à être vertueux dans le vrai sens du mot.
George n'eut pas à regarder longtemps autour de lui
pour reconnaître l'espèce de dislocation morale qui
atteint les existences trop faciles ; il n'eut qu'à penser

à sa mère, aux cruelles paroles qui autrefois avaient frappé son oreille. Il revit son père courbant la tête sous le poids de soucis qu'il ne nommait pas; il eut peur pour lui-même, et surtout pour celle qu'il aimait, d'une liaison que le monde pouvait excuser, mais qu'il avait aussi le droit de flétrir; il se jura qu'il cacherait sa religion pour mieux adorer son dieu; sans savoir comment Pauline accueillerait un aveu, il se promit de ne jamais le faire, oubliant qu'il l'avait déjà fait, et ne sachant pas que sa promesse serait impossible à tenir. Il se crut de force à braver tout danger, et il s'affermissait dans sa résolution, soutenu par une voix intérieure qui, en lui rappelant la tristesse de son père, la vie de sa mère, semblait lui crier comme les hermines héraldiques de la Bretagne : *Potius mori quam fœdari !*

De son côté, Pauline avait peu dormi; elle ne s'était point abandonnée aux sentiments quintessenciés qui avaient tenu George en éveil; elle n'avait pas

rêvé, elle avait réfléchi sans hésitation et avec cette
sorte de brutalité que les femmes ont pour leurs propres pensées. — Je l'aimerai, si déjà je ne l'aime,
s'était-elle dit ; mais je ne serai pas sa maîtresse. Si
un cœur dévoué et plein d'une affection qui n'est
point à mépriser suffit au bonheur qu'il cherche, je
lui tendrai la main en signe de sérieuse alliance ;
mais s'il est de ces êtres faibles pour qui la posses-
sion est la seule consécration possible de l'amour, je
ne le reverrai pas : je resterai avec une illusion de
moins et un regret de plus. — Ainsi, tandis que l'un
se jurait de ne jamais rien demander, l'autre se pro-
mettait de ne jamais rien donner ; à leur insu, ils se
rencontraient dans une résolution trop forte pour
être tout à fait compatible avec la faiblesse humaine,
et qui devait peut-être leur valoir plus de larmes et
de douleurs qu'une chute définitive.

Semblable à ces hommes que l'incertitude énerve,
que l'inquiétude abat et qui ne rentrent dans le libre

exercice de leurs facultés qu'après s'être fortement arrêtés à une résolution, George se sentit plus calme. Pour lui, le sacrifice était consommé : il venait de prononcer à sa façon ses vœux éternels; il marchait d'un cœur ferme vers les dangers qu'il connaissait. Il alla bientôt faire une visite à Pauline. Prévenante, presque onctueuse, madame de Chavry lui parut remise du trouble involontaire que leur première entrevue chez elle lui avait causé. Peut-être eût-il été fort étonné si, sous cette douceur, il eût vu l'impassible résolution d'une défense à tout prix; mais il n'eut point à la mettre à l'épreuve : heureux de voir celle qu'il aimait, il eut de ces réserves exquises qui rassurent vite les sentiments les plus effarouchés.

Ces visites se renouvelèrent rarement d'abord, puis plus fréquemment, et peu à peu George devint l'hôte assidu de la maison de Pauline. Chaque jour, avant son dîner, il allait passer une heure ou deux auprès d'elle; le soir, souvent ils se rencontraient

3

dans le monde, et la pente des accidents journaliers
de l'existence les avait amenés insensiblement à ce
résultat que leurs rêveries avaient ambitionné : vivre
près l'un de l'autre, s'aimer et ne point faillir. S'é-
taient-ils donc avoué qu'ils s'aimaient ? Non ; dans
les épanchements de leurs causeries intimes, jamais
le mot suprême, comme disent les romances, n'était
sorti de leurs lèvres. A quoi bon se le dire ? ne le
savaient-ils pas, et la confiance dont Pauline usait
avec George n'était-elle pas le résultat de ce singulier compromis qu'elle pouvait s'abandonner sans
crainte, parce qu'entre eux le mot amour n'avait jamais été prononcé ? Étrange contradiction du cœur
des femmes : quand elle avait reconnu et pour ainsi
dire expérimenté l'extrême retenue dont George
s'enveloppait, elle s'était livrée sans contrainte à l'attrait qui la poussait vers lui ; elle lui était recon-
naissante de ce qu'il avait brisé, à force de loyauté,
la barrière dont elle s'était, mentalement du moins,

entourée contre lui ; elle avait compris que la prudence était presque injurieuse ; elle l'en remerciait intérieurement et se sentait fière d'avoir si bien su préjuger de l'homme qu'elle aimait. Et cependant plus d'une fois, repassant dans sa mémoire les paroles qu'il lui avait dites, les confidences qu'il lui avait faites, s'étonnant peut-être que cet amour qui se devinait si violent eût la force de rester voilé, Pauline s'était dit avec inquiétude : — Me trompé-je ? est-ce qu'il ne m'aimerait pas ?

Leur vie coulait donc ainsi douce et sereine dans un bonheur négatif et presque nuageux, qui, jusqu'à présent du moins, leur avait suffi. Le monde avait bien un peu regardé d'un œil ironique cette sorte de liaison idéale ; mais ses railleries avaient été forcées de tomber devant l'attitude profondément honnête, grave et placide de Pauline et de George. Seul, M. de Chavry montra une inquiétude qu'il eut quelque peine à calmer. La présence de M. d'Al-

farey avait fini par troubler son imperturbable confiance, et, sans se départir des habitudes de galant
homme qui étaient, de fait, sa seule morale, il se sentait parfois au cœur des soupçons dont il ne triom-
phait pas toujours aussi facilement qu'il l'aurait
voulu. Pauline, qui avait assez étudié ce caractère
pour en connaître les faiblesses, n'eut recours à aucun
faux-fuyant pour rassurer son mari; elle ne voulut
mettre aucun mystère dans une conduite qui pouvait
s'en passer, et elle continua de vivre ouvertement
sous le regard de M. de Chavry. — Je n'ai rien à
cacher, se disait-elle; s'il me parle, je lui dirai tout.
— Elle n'en eut pas besoin, car son mari rendit
spontanément à sa vertu un hommage qu'elle ne ré-
clamait pas.

Un soir, après le dîner, George était assis au coin
du feu auprès de Pauline; c'était l'heure où M. de
Chavry avait l'habitude d'aller au club. Quand il
rentra dans le salon pour dire adieu à sa femme et

qu'il vit George près d'elle comme déjà si souvent il l'avait vu, il ne put retenir un geste de mauvaise humeur, il ôta ses gants, prit un fauteuil, et s'installa devant la cheminée dans l'attitude d'un homme décidé à ne point quitter la place. George et Pauline se regardèrent et reprirent leur conversation, à laquelle M. de Chavry ne se mêla point. Il semblait contrarié : de sa propre défiance ou de la présence de George? je ne sais. Il ne parlait pas, s'absorbait dans la contemplation du feu, changeait ses jambes de place, tapotait de ses doigts nerveux les bras de son fauteuil, et paraissait pris entre toutes sortes d'hésitations. Tout à coup il se leva, et, tendant la main à sa femme, il lui dit adieu avec un de ces sourires derrière lesquels aucun soupçon ne saurait se cacher.

— Qu'a-t-il donc? dit George à Pauline.

— Rien, répondit-elle ; seulement il a compris que nous nous aimions!

Ce fut là le premier aveu, et Pauline fut bien imprudente de le prononcer, car il renversait le compromis derrière lequel leurs cœurs s'abritaient, et il allait livrer passage à toutes les ardeurs de leur passion contenue.

De ce jour en effet, aucun de leurs doutes conventionnels ne pouvait subsister; ils n'avaient plus rien à s'apprendre. Le mot de Pauline contenait plus qu'un encouragement, il avouait une défaite, et c'est là une confession que la femme, lorsqu'elle veut demeurer toujours pure, ne doit jamais faire, fût-ce même au complice de sa vertu. Ce seul mot les avait pour ainsi dire désarmés, et ils ne pouvaient rester vertueux que par un accord tacite de grâce et de générosité. Combien de temps pouvait durer cet accord, et de quel poids serait-il dans la main de la destinée qui pousse fatalement l'un vers l'autre les cœurs épris d'un même amour? Extérieurement rien n'était changé en eux, mais un élément nouveau s'était

glissé dans leur âme, et une révolution s'y était faite ;
malgré leurs efforts, ils étaient la proie du dieu ja-
loux contre lequel on n'a jamais combattu en vain,
et ce n'était plus seulement contre leur cœur qu'ils
avaient à lutter maintenant.

L'un et l'autre, avec une bonne foi et un courage
surprenants, appelaient des secours étrangers à l'aide
de leurs forces chancelantes. Pauline priait, elle
faisait des aumônes, elle demandait humblement à
Dieu d'éloigner de ses lèvres altérées cette coupe
toute pleine d'une tentation charmante ; elle écoutait
avec empressement les paroles qu'un prêtre mur-
murait à son oreille, espérant y trouver une lueur
qui lui montrerait la vérité, un point d'appui qui la
soutiendrait dans sa marche difficile, et elle rentrait
chez elle plus énervée, plus anxieuse, toujours dé-
cidée à rester maîtresse d'elle-même, mais désespé-
rée du travail terrible qui se faisait en elle, et qui
ébranlait ses résolutions les meilleures. Quant à

George, il multipliait ses travaux ; il touchait à tout
en même temps avec une activité fébrile ; mais sa
pensée était ailleurs, emportée par un tourbillon
qu'elle ne dominait pas, le laissant inutile et sans intelligence en face de ses études qu'il ne comprenait
plus. Ses yeux lisaient, mais n'envoyaient à son
cerveau que des mots vides de sens qui défilaient devant lui comme les vocables d'un langage inconnu.
Il laissait alors tout ce fatras scientifique, il faisait
des armes ou crevait ses chevaux dans des courses
insensées, demandant aux fatigues du corps d'en-
dormir le démon, le dieu peut-être, qui veillait obstinément en lui. Enfin il faisait des vers : symptôme
grave pour un philologue ! Un matin que sa mère
entrait chez lui, elle avisa sur sa table une feuille de
papier couverte de ces petites lignes dont l'inégale'
longueur constitue seule, au point de vue de certaines
gens, la différence de la poésie à la prose. Elle prit
le papier.

Il est à toi, ce cœur dont l'espérance
Va vers le tien, comme l'encens vers Dieu...

— Mon fils, dit-elle, les femmes ne sont pas des étoiles, et pour les approcher il n'est pas nécessaire de monter au septième ciel.

George la regardait pendant qu'elle rejetait les vers sur la table.

— O mon pauvre père! se dit-il à voix basse.

La pensée du vieillard qu'il avait évoquée ne le quitta pas lorsqu'il fut resté seul. Nos morts vivent en nous, ceci n'est point douteux; souvent ils nous apparaissent intérieurement dans les instants périlleux de notre vie, et leurs conseils nous dirigent à travers les obstacles qui barrent notre chemin. Dans le dédale où se perdaient les résolutions de George, il lui sembla que la voix de ce père qu'il avait tant aimé s'élevait lentement du fond de son cœur et lui disait : — Lutte, et à tout prix triomphe. Puisque tu aimes, ne laisse pas l'objet de ton amour

3.

descendre les degrés qu'on ne remonte plus, et n'expose jamais un fils à souffrir par sa mère ce que tu as souffert par la tienne!

Un accès de jalousie vint encore amollir sa résistance en lui prouvant à quelle hauteur son amour était monté. Un soir, on annonça chez Pauline le comte Ladislas Palki. George se souvint de ce qu'il avait entendu dire à sa mère, et il eut un tressaillement impossible à vaincre en voyant entrer un homme de trente-cinq à quarante ans, qui était le type le plus parfait de la beauté mâle et rêveuse de la race slave. Pauline l'accueillit comme un vieil ami, avec toute sorte de joie et d'amabilité. A ses questions il répondait d'une voix si douce qu'elle trahissait une vive affection. Plusieurs fois Pauline lui serra la main. George foudroyait de ses regards Ladislas, qui paraissait ne pas s'en apercevoir. M. de Chavry rentra du club plus tôt que de coutume ; il fit de grandes amitiés à Ladislas. Le pauvre George

n'en pouvait mais ; il avait presque envie de souffleter le comte Palki parce qu'il était venu, et **M.** de
Chavry parce qu'il était rentré ; il comprit que bientôt il ne serait plus maître de lui et qu'il allait faire
quelque sottise ; il se leva, ouvrit la porte du salon et
sortit sans dire adieu à personne. A le voir partir,
Pauline devina tout.

La nuit fut mauvaise pour George comme pour
Pauline. George était fort mécontent de lui, et il ne
pouvait s'empêcher de divaguer, tout en sentant qu'il
ne pensait que des sottises. Pauline n'était pas irritée, mais elle était profondément triste ; un découragement sans bornes l'avait affaibli ; elle se disait
malgré elle : Si j'étais à lui, il ne douterait pas de
moi, et ne souffrirait plus.

Le lendemain, George courut chez Pauline.

— Je vous attendais, lui dit-elle. Hier, vous êtes
parti plein de colère, et vous m'avez fait beaucoup de
peine.

— Aimez-vous le comte Palki ? l'avez-vous jamais aimé ? lui demanda-t-il, sans même l'écouter.

— Jamais ! lui répondit-elle avec un triste sourire, en dirigeant vers lui l'indicible loyauté de son regard.

George laissa échapper un soupir, comme un homme soulagé d'un grand poids. — Ah ! je le pensais bien ! s'écria-t-il ; mais pourquoi donc alors ai-je tant souffert ?

Ils parlèrent de Ladislas avec un abandon sans réserve, et qui paraîtrait étrange après l'espèce de crise nerveuse qu'ils avaient subie, si l'on ne savait qu'entre amoureux de bonne foi un mot dissipe tous les orages.

— C'est un héros, lui dit Pauline ; c'est une sorte de soldat d'avant-poste, toujours au premier rang quand il s'agit de combattre ceux qui se sont partagé sa patrie. Une aventure tragique en a fait un personnage célèbre en Allemagne, et a donné du retentis-

sement aux soins qu'il m'a rendue. Il était le chef
d'une de ces conspirations qui ont éclaté dans le
grand-duché de ***. Tout était prêt pour l'action ;
Ladislas et huit de ses amis devaient aller, à quelques
lieues de la ville, soulever un régiment de cavalerie
travaillé d'avance, et à l'aide duquel on voulait
marcher sur le siége du gouvernement. La veille du
jour fixé pour l'action, les amis de Ladislas, entrés
un à un et séparément dans la ville, s'étaient ca-
chés dans sa maison. La soirée fut employée aux
dernières dispositions, et l'on s'ajourna au lendemain, à six heures du matin. A cette époque, Ladislas était lié avec la jolie princesse K..., que vous
avez vue à Paris, et qu'on appelait la fée Carline à
cause de son petit nez un peu écrasé. Il se rendit
chez elle et n'en sortit qu'à quatre heures du matin.
C'était en hiver, par une nuit brumeuse. Ladislas
revint chez lui, entra dans le grand salon, où ses
amis dormaient sur des matelas placés au hasard, et

se jetant, épuisé de fatigue, dans un fauteuil, il dit
à son domestique de le laisser dormir une heure
seulement. Quand, à cinq heures, on réveilla les
conjurés, ils virent Ladislas plongé dans un de ces
sommeils vainqueurs de tout qui dénotent une
lassitude profonde, et ils dirent au domestique,
comme lui-même me l'a depuis raconté : « Laisse
dormir le comte ; le rendez-vous général est à neuf
heures ; selle-lui sa jument anglaise, réveille-le à
sept heures, dis-lui que nous l'attendons ; avec un
temps de galop, il nous rejoindra. » Puis ils sau-
tèrent en selle et partirent après s'être donné le
baiser de paix de ceux qui vont à la mort. Lorsqu'à
sept heures Ladislas fut réveillé, il entra dans une
colère violente, maltraita son domestique, et partit
comme un fou pour rejoindre ses compagnons. Il
galopait à perdre haleine sur la route humide. Il
avait déjà fait plusieurs lieues et approchait de l'endroit fixé pour le rendez-vous, lorsqu'à travers le

brouillard il aperçut des hommes qui de loin, sur le
chemin, regardaient de son côté. Il s'avança : c'é-
taient des paysans réunis près d'une ferme. Ils se
jetèrent résolûment à la tête de son cheval, et malgré
ses efforts, ses injures et ses coups, ils parvinrent à
l'arrêter. « Ne craignez rien, lui disaient-ils; nous
vous connaissons, vous êtes le comte Palki : nous
sommes des vôtres; mais avant d'aller plus loin,
venez voir vos amis. Ils sont ici tous; après, vous
continuerez votre route si vous voulez. » Ladislas
les suivit; on le conduisit dans un verger : aux
branches des arbres il vit ses huit compagnons pendus, morts. Le secret du complot avait été livré ; une
escouade était venue attendre les conjurés sur la
route, les avait saisis, exécutés, et s'en était retour-
née, satisfaite de ses œuvres, sans se douter que le
principal coupable n'était point parmi les victimes.
Les paysans cachèrent Ladislas; le soir, il rentra
dans la ville, il se rendit chez la princesse K..., qui

l'attendait si peu qu'il put se convaincre qu'elle le trompait. De nouveau, Ladislas se sauva, se cachant le jour dans les métairies isolées, marchant la nuit, échappant à mille piéges tendus le long de sa route, et ainsi, poursuivi, souffrant de la faim et du froid, portant dans l'âme une double blessure de conspirateur trahi et d'amant trompé, il arriva dans la ville de ***, où nous résidions. Là, il était libre et en sûreté. Son aventure avait fait grand bruit ; il devint le lion du moment, comme disent les Anglais ; M. de Chavry le rencontra, se lia avec lui et me l'amena. Ladislas m'a aimée, cela est vrai, et il me l'a dit ; mais je n'ai agréé de ses soins que ce que j'en devais accepter. Je sais que beaucoup de femmes m'ont envié cette recherche, et n'ont pas compris que je l'eusse repoussée ; mais une nature loyale comme la sienne ne pouvait s'y méprendre : il a senti que ses nobles qualités avaient mieux à m'offrir qu'une galanterie coupable, et il est devenu pour moi un de ces amis sur lesquels on peut compter pour toutes les choses de la vie et de la mort.

George avait écouté en silence ce long récit, dont la sincérité le frappait; il baisa les mains de Pauline.
— S'il est votre ami, dit-il, il sera aussi le mien.

Mais les souffrances qui le remuaient depuis la veille avaient épuisé ses forces; il éclata tout à coup en sanglots, et, serrant Pauline contre son cœur, il s'écria : — Je puis encore me résigner à n'être jamais à vous; mais si vous aimiez quelqu'un, si par malheur vous en aviez jamais aimé un autre, je vous tuerais!

Il était arrivé à un paroxysme violent; il eut une espèce d'attaque de nerfs, et il répétait sans cesse : Sommes-nous malheureux! sommes-nous malheureux!

Le soir, lorsque Ladislas arriva, Pauline lui présenta George. Les deux hommes causèrent ensemble, parurent s'apprécier, et se sentirent attirés l'un vers l'autre en vertu de l'affection qu'ils portaient à la même femme. Un sentiment commun, s'adressant au même objet, unit ou désunit les hommes, selon la trempe de leur caractère et la hauteur de leur âme, mais ne les laisse jamais indifférents. George et Ladislas étaient faits pour se plaire, et ils se plurent. Lorsque le comte partit, reprenant sa route pour obéir à des devoirs qui l'appelaient loin de la France, il laissa un ami de plus derrière lui.

Quelques jours après, un matin que George entrait chez Pauline, elle put remarquer en lui un changement qui l'étonna : je ne sais quoi de hardi et de déterminé brillait dans ses yeux, ordinairement si doux ; quelque chose de bref sonnait dans sa voix, et son sourire ressemblait à une provocation. Pauline n'eût point été femme si elle n'eût compris qu'une détermination mauvaise s'était emparée de l'âme de George, et que, las peut-être de leur vie douloureuse, il s'était dit : Il faut en finir ! Elle eut peur. D'un de ces petits bruissements des lèvres auxquels les mères excellent, elle appela son fils, qui jouait dans le salon voisin : l'enfant accourut. Elle le garda un moment à ses côtés, puis tout à coup, le saisissant dans ses bras, elle le posa sur les genoux de George en lui disant : Embrasse ton ami !

George prit l'enfant, regarda Pauline, et dans ses yeux une lueur passa, qui semblait dire : C'est une trahison ! Il resta quelques instants immobile, évidemment en proie à un combat terrible. Peu à peu son visage reprit son calme ordinaire, un triste sourire effleura ses lèvres pâles, il remit le petit garçon entre les bras de sa mère, et parlant à Pauline avec une voix pleine de soumission : — Je vous rends votre fils, lui dit-il, laissez-le retourner à ses joujoux.

— Il avait regardé l'enfant, et pensant à sa propre mère, dont le souvenir pesait toujours en lui, il avait su refouler dans son âme les sentiments qui l'obsédaient.

Ces luttes se renouvelaient, et c'est par miracle qu'ils résistaient encore. Au fond, ils se sentaient perdus; mais comme il arrive presque toujours en pareille circonstance, quand l'un faiblissait, l'autre se relevait, et c'est ainsi qu'iis marchaient dans la route choisie par eux-mêmes vers un but qu'ils n'osaient plus prévoir. Ils savaient bien, par exemple, que si une chute longtemps évitée venait enfin les surprendre, elle serait irrémédiable. Ni l'un ni l'autre, avec la passion qui les dévorait, ne se serait accommodé de ces compromis douteux que voilent les convenances et qu'acceptent les âmes froides. Ils apercevaient alors au bout de leur horizon une séparation éclatante, un grand scandale en un mot, et ils fermaient les yeux comme pour chasser cette vision funeste. Les suites de leur amour eussent été si graves que parfois leur amour en semblait paralysé. Ils se soutenaient mutuellement dans leurs heures de défaillance. — Vertu ! tu n'es pas un vain mot ! s'écriait parfois Pauline, épouvantée de ses propres pensées.

Un jour elle laissa tomber sa tête alourdie sur l'é-
paule de George et pleura beaucoup, sans parler. Il
se pencha vers elle, et lui serrant la main, comme on
fait à ceux dont on ne peut soulager la souffrance : ,
— Du courage, ma pauvre âme, lui dit-il, puisque le
bonheur n'est pas fait pour nous!

Ce jour-là il fut le héros; le lendemain ce fut elle
qui le releva d'une crise de faiblesse. L'idée de la
mort, d'une mort commune et volontaire, leur traversa une fois l'esprit; ils en parlèrent avec exalta-
tion, en des termes qui prouvaient l'affolement de
leur cœur. Le petit Firmin, qui entra chez sa mère
en caracolant sur un bâton, fit évanouir ces absurdes
fantômes.

De tels combats s'inscrivent en lignes indélébiles
sur le visage des lutteurs, et madame d'Alfarey s'in-
quiéta bientôt de l'altération profonde qu'elle remar-
quait sur les traits de son fils. Puisant la plupart de

ses convictions dans l'expérience et les souvenirs de
sa propre vie, elle ne croyait guère à la vertu, qu'elle
appelait volontiers, chez les femmes, un raffinement
de coquetterie. Après avoir vainement essayé d'arracher quelque confidence à George, elle alla résolûment faire une visite à Pauline. Tout ce que l'usage
du monde et l'habitude des mots à double entente
peuvent donner d'astuce, elle l'employa pour découvrir le fond de l'âme de la jeune femme, qui, sans se
laisser dérouter une seule fois, persista à ne rien
comprendre aux paroles de madame d'Alfarey.

Cependant, depuis que cet amour les ravageait, les
jours et les mois s'étaient écoulés; l'année 1848 avait
rejoint aux archives des siècles ses sœurs précédentes,
et déjà les derniers jours de février 1849 annonçaient
le printemps. Rien ne paraissait modifié dans la vie
de Pauline et de George; mais ils étaient arrivés aux
dernières limites de leurs forces, et ils touchaient à
l'une de ces heures fatales pour les maladies de l'âme

comme pour celles du corps, au delà desquelles les
médecins ajournent l'espérance. L'instant était venu
de la crise qui allait les perdre ou les sauver. Pauline
le sentait bien. « Tout est perdu, se disait-elle, si
nous ne prenons un grand parti. » Quant à George
il s'abandonnait au hasard, et il n'entendait plus en
lui qu'un immense bourdonnement.

Un soir de février, par un de ces temps humides et
tièdes qui souvent en France annoncent les approches
du mois de mars, George était assis auprès de Pauline ; M. de Chavry était sorti, l'enfant dormait. Le
salon était plongé dans une demi-obscurité que tra-
versaient parfois les lueurs intermittentes d'un feu
près de s'éteindre. Sans se parler, ils regardaient
avec une fixité machinale les bûches presque consu-
mées qui flambaient encore sur les cendres. Une
grande langueur était en eux. Pauline avait laissé
tomber son ouvrage, elle écoutait avec effroi les battements de son cœur. George se disait : « Dans quelle

bourgade d'Italie faudrait-il aller nous cacher? » Il se leva, ouvrit la fenêtre; une bouffée d'air chaud entra, qui le frappa au visage. Au-dessus des nuages, la lune, brillante et large, semblait se reposer sur d'immenses coussins bordés des couleurs de l'iris. Les arbres noirs détachaient leur silhouette mobile sur la lumière du ciel; quelques-uns étaient si hauts, qu'ils paraissaient porter les étoiles, épanouies au sommet de leurs branches, comme des fleurs de feu. Pauline était venue près de George s'accouder à la fenêtre.

— Oh! lui dit-il, m'en aller avec vous, bien loin, au delà des mers... N'avoir pour souvenir, pour espérance, que l'éternelle adoration dont mon âme est remplie!...

— Taisez-vous, lui répondit Pauline, ne tentez pas une pauvre créature qui a remis son honneur entre vos mains et qui doit mourir auprès du devoir comme un soldat meurt auprès du drapeau!

George baissa la tête. Pauline s'enveloppa les

épaules d'un châle, et prenant le bras de George : —
Allons faire un tour dans le jardin, dit-elle ; cette
belle tiédeur de l'air me fera du bien.

Ils descendirent ; longtemps muets et comme enle-
vés au-dessus des choses de la terre, ils marchèrent
dans les allées que la lune rayait de longues traînées
blanchâtres. Parfois ils échangeaient un mot, puis
retombaient dans le silence. Elle était tout entière
appuyée à son bras, et il se sentait accablé par ce
doux fardeau, qui jadis lui eût paru si léger. Parve-
nus à un quinconce formé de tilleuls, ils s'arrêtèrent
et s'assirent sur un banc de bois. George baissait toujours les yeux ; Pauline au contraire levait le front et
recevait en plein visage la clarté céleste.

— Croyez-vous donc qu'il ne vaudrait pas mieux
mourir ? s'écria George tout à coup.

— Taisez-vous, taisez-vous ! lui dit-elle en lui mettant la main sur la bouche.

George la prit dans ses bras avec violence, et pour

4

la première fois leurs lèvres se rencontrèrent dans un
de ces baisers dont Byron a parlé. Ce ne fut qu'un
éclair. Pauline jeta un cri et se sauva en courant.
Lorsque George la rejoignit au bout de quelques minutes, il la trouva dans le salon, presque renversée
sur un canapé, la face contre les coussins.

— Au nom de Dieu! lui cria-t-elle en joignant les
mains, allez-vous-en; ne revenez pas me voir, attendez que je vous écrive.

George s'approcha. Elle se leva, passa son bras
sous le sien, marchant et se soutenant à peine; elle
le conduisit ainsi jusqu'à la porte du salon. — Je veux
être seule, mon ami, lui dit-elle; partez, je vous écri-
rai dès que je pourrai vous voir. George obéit. Le
lendemain, vers une heure, au moment où il allait
écrire à Pauline, il reçut un billet qui ne contenait
qu'un mot : « Venez! »

Il ne se jeta pas dans une voiture et ne courut pas
chez Pauline, comme on pourrait le croire; il allait

doucement, le visage penché, le cœur plein de trouble et l'âme indécise. Il croyait marcher vers ce bonheur qui lui était toujours apparu si grand qu'il lui semblait ne devoir pas être de ce monde, et au moment d'y toucher, de le saisir, il se sentait envahi par une indicible amertume. Hélas! il en est de la félicité des hommes comme de ces jardins qu'enferment des murs défendus par des broussailles de fer : on ne peut y entrer, on ne peut en sortir qu'en se déchirant les mains. C'était bien son idole qui venait à lui; mais elle descendait de son piédestal. « Elle aussi!... » se disait-il. Tous les obstacles, tous les dangers lui apparaissaient à cette heure grandis et multipliés. Il voyait ses forces épuisées par ses luttes de chaque jour; il levait les épaules avec colère, comme en présence d'une impossibilité, lorsqu'il pensait à ce rêve de vertu qu'aujourd'hui il traitait de chimère, et quand ses serments lui revenaient en mémoire, il en chassait le souvenir avec le mot suprême des révolutions : « Il est trop tard! » Ainsi battu et heurté par ce chaos de pensées contradictoires, il arriva chez Pauline.

Le premier mot de George fut un reproche sur la façon dont elle l'avait renvoyé la veille. Elle le regarda avec surprise, et, lui prenant la main :

— Asseyez-vous, lui dit-elle, et écoutez-moi, car je n'ai pas voulu vous quitter sans vous dire adieu.

— Nous quitter! cria George. Eh! grand Dieu! que dites-vous?

Toutes les pensées qui l'avaient troublé durant la route disparurent et s'évanouirent devant cette menace d'une séparation à laquelle il n'avait jamais songé.

— Oui, reprit-elle d'une voix tremblante, oui, il faut nous quitter, parce que vous m'aimez, parce que je vous aime, parce que tous deux, hélas! nous sommes si bien vaincus, qu'il n'y a plus de salut que dans la fuite. Si vous ne consentez à partir, c'est moi qui

partirai. Je n'ai plus ni force ni courage, et ce sacrifice, qui seul peut nous sauver encore, je le demande
à votre pitié, puisque je suis si lâche que toute vertu
s'est anéantie en moi. Ne m'interrompez pas, laissez-
moi finir; je me suis promis de vous dire certaines
choses, je vous les dirai. Après ce qui s'est passé hier
entre nous le doute ne m'est plus possible. Nous
sommes arrivés à un moment fatal; poussés par la
passion de nos cœurs, nous allons tout oublier et entrer dans une voie misérable qu'il faut éviter à tout
prix. Que ferons-nous, si nous succombons? A votre
premier signe, je me lèverai, je partirai, je vous suivrai. Et mon fils? y avez-vous pensé, quel héritage
lui laisserai-je? Et cet homme, bon après tout, qui
m'aime autant qu'il peut aimer, cet homme dont
librement j'ai accepté le nom, que trouvera-t-il dans
sa maison vide, lorsque je l'aurai quittée, au lieu du
repos, de l'honneur et de la considération que je lui
dois, puisqu'il me les a donnés?... Resterons-nous au

contraire? Accepterons-nous cette triple honte dont
le monde s'accommode, et à la pensée de laquelle tout
mon cœur se soulève? Vivrons-nous englués dans
nos mensonges et sentant chaque jour nos âmes s'a-
baisser dans cette voie de trahison? Exposerons-nous
à tant de misères le sentiment qui exalte nos cœurs?
Dans nos causeries, souvent vous m'avez raconté la
mort de votre père. Vous souvenez-nous de sa dernière parole : « Il n'y a d'éternel que la vérité! » Ah !
George, restons dans la vérité, qui, pour nous, est le
sacrifice et le devoir. Que Dieu ne me punisse pas de
ce que je vais dire, car je ne fais aucun vœu coupable; mais enfin, mon pauvre George, si j'étais
veuve, à l'instant je mettrais ma main dans la vôtre.
Je ne suis pas libre, vous le savez; je ne veux trahir
aucun des devoirs que je me suis imposés, et je ne
veux pas non plus, entendez-vous bien, George, je
ne veux pas jeter mon amour pour vous aux chances
d'une vie impossible.

Elle s'arrêta, car ses sanglots la suffoquaient. George, le front appuyé contre le rebord de la cheminée, écoutait comme dans un songe.

— Quand vous fûtes parti hier au soir, reprit-elle, j'ai attendu M. de Chavry ; je lui ai pris la main, je lui ai tout raconté, je l'ai supplié de me sauver, de nous sauver tous. Je me suis humiliée devant lui, me sentant coupable, car mon cœur du moins lui est infidèle, et il aurait le droit de me demander compte de mes pensées les plus secrètes. Ne vous effrayez pas, George, je ne me repens pas, et je serais prête à recommencer, s'il le fallait encore. Savez-vous ce qu'il a fait ? Il m'a baisée au front, et m'a dit : « Vous êtes, ma pauvre Pauline, la femme la plus honnête que j'aie jamais rencontrée. Aujourd'hui vous me demandez mes conseils, je ne puis vous les donner, car, hélas ! je vous avoue que je ne sais rien de ces luttes de vertu dont vous me parlez. Pensez, non pas à moi, qui n'ai peut-être pas le droit d'être bien exi-

geant avec vous, mais pensez à votre fils. » Il me
laissait plus anéantie encore. Il s'éloigna, et quand il
fut près de la porte, qu'il tenait déjà entr'ouverte, il
tourna vers moi son visage tout pâle : « Si vous dé-
sirez faire un voyage, Pauline, je suis à vos ordres.
et nous irons où vous voudrez. » Mon premier mouvement fut de le prendre au mot et de lui crier :
Partons ! Mais partir sans vous revoir, George, je ne
m'en suis pas senti la force. Et puis n'est-il pas plus
digne de nous d'envisager courageusement toute notre
infortune, qu'envierait bien des prétendus bonheurs,
et de nous dire adieu comme deux êtres honnêtes
qui toujours pourront se regarder en face, qui jamais
n'auront rien à regretter, car ils n'ont rien fait dont
ils aient à se repentir ?

George releva la tête ; son visage était baigné de
larmes ; il prit les mains de Pauline et s'inclina vers
elle en les baisant avec ardeur.

— Lorsque je suis venu vers vous, dit-il, j'ai senti

que je vous donnais ma vie. Il vous plaît d'en dis-
poser aujourd'hui pour un sacrifice qui fera peut-être
l'amertume de tout notre avenir. L'amour dans la
plénitude de son bonheur est impossible entre nous,
je fais mieux que l'admettre, je le sais. Vous voyez
dans mon départ un moyen de salut : soit, je ne dis-
cuterai pas, je vous obéirai ; dans huit jours, je serai
parti.

Pauline jeta un cri de joie en même temps qu'un
cri de douleur. Le petit Firmin entra pour embrasser
sa mère avant d'aller aux Tuileries. Elle le prit dans
ses bras, et, le serrant avec emportement : — Ah !
s'écria-t-elle, cher petit ! c'est toi qui me sauves et
qui me perds !

L'enfant, effrayé, se mit à pleurer. George, comme
tous les hommes de courage, avait repris sa sérénité
en présence d'un malheur accompli, et ce fut lui qui
calma le fils et la mère.

M. de Chavry n'avait changé aucune de ses habi-

tudes; il avait continué à vivre près de sa femme
comme si jamais elle ne lui eût fait aucune confidence. Deux jours áprès la détermination prise par
Pauline, il avait plusieurs personnes à dîner. Dans le
courant de la soirée, George s'approcha de lui :

— N'avez-vous pas quelques commissions à me
donner pour Smyrne ou Constantinople? lui dit-il.
Je vais partir pour l'Orient.

Si maître qu'il fût habituellement de ses impres-
sions, M. de Chavry ne put éteindre l'éclair de joie
qui traversa son regard. Il étouffa le soupir de soulagement qui dilatait sa poitrine. Il remercia George
de ses offres, et lui parla avec un abandon qui ne lui
était pas ordinaire.

En apprenant le départ de son fils, madame d'Alfarey jeta les hauts cris ; elle courut chez Pauline. —
Le laisserez-vous partir? lui dit-elle.

Lasse, énervée, courbée sous le poids trop lourd de
sa propre résolution, Pauline brisa la glace d'un mot :

— Un de nous deux doit s'éloigner, dit-elle, lui ou moi ; s'il reste, je pars !

Madame d'Alfarey n'en croyait pas ses oreilles ; elle se creusait la tête. — Quelle est cette comédie ? se disait-elle, et elle n'y comprenait rien.

Le jour du départ était venu. Pauline se cramponnait à sa volonté ; la lutte n'était pas éteinte en elle. Vingt fois elle avait été sur le point d'écrire à George : Restez ! Vingt fois elle avait pensé à le suivre. Quant à lui, sa bataille était finie, il était résigné. Peut-être cependant n'aurait-il point quitté Paris et eût-il essayé de continuer cette lutte dangereuse, s'il avait rencontré près de lui, chez sa mère, un soutien moral qui eût pu l'encourager ; mais au lieu de ces conseils sévères et parfois douloureux à suivre que son père lui eût certainement donnés, il ne trouvait en elle que des railleries peu généreuses, une ignorance absolue des sentiments dont il avait nourri et fortifié sa passion.

Il alla faire ses adieux à Pauline. A force de raisonnements, ils s'étaient, pour ainsi dire, prémunis contre leur émotion ; elle fut vive cependant, si vive que George se leva précipitamment pour la fuir.

— Adieu, dit-il ; quand vous reverrai-je ? Le sort seul en décidera ; je pars pour un exil qui n'aura de terme que par votre volonté.

Il s'arrêta, il baissait les yeux et n'osait regarder Pauline, qui, assise et la tête renversée contre son fauteuil, laissait couler ses larmes.— Vous ne m'avez jamais rien donné, reprit-il en froissant, comme pour se donner une contenance, quelques bijoux répandus sur le marbre de la cheminée ; laissez-moi emporter un de ces bijoux ; il sera pour moi un souvenir vivant qui ne me quittera jamais.

— Prenez ce bracelet, répondit Pauline ; un de mes grands-oncles me le rapporta des Indes il y a bien longtemps ; jeune fille, je le portais ; c'est le seul de mes bijoux auquel je tienne ; gardez-le, qu'il vous protége et vous parle de moi !

George prit le bracelet; il était composé de trois grosses lames d'or reliées entre elles par un chaînon; sur chacune des lamelles, des mots arabes étaient écrits; George les lut, et se tournant vers Pauline avec un sourire plus triste que des sanglots : — Savez-vous, lui demanda-t-il, ce que signifie la phrase gravée sur ce bracelet?

— Oui, répondit-elle.

— *Lek el mestékabel bil felahha, inch' Allah !* épela-t-il lentement : Avec le succès, l'avenir est à toi, s'il plaît à Dieu ! — Ah ! je crains bien qu'il ne lui plaise pas ! Savez-vous, Pauline, qu'il y a là presque une promesse, et que si j'étais un sage, je ne partirais pas ?

Pauline sentit le danger; l'heure était trop propice aux faiblesses pour qu'elle ne cherchât pas un faux-fuyant; elle se jeta dans des phrases vagues.

— Mais l'avenir n'est-il pas à vous?

— Ce n'est pas de cet avenir que je parle, inter-

5

rompit George avec vivacité ; vous ne m'avez pas compris !... Et il rejeta le bracelet sur la table.

C'est parce que Pauline l'avait trop bien compris qu'elle faisait semblant de le si mal comprendre.

Il marcha vers elle, la prit dans ses bras, l'appuya sur son cœur, l'embrassa longuement comme on embrasse une sœur qu'on craint de ne jamais revoir, et se sauva sans oser retourner la tête.

Le soir il partait. Ayant déjà dit adieu à madame d'Alfarey, il jetait autour de lui dans son appartement ce regard mélancolique et amer que seuls peuvent connaître ceux qui, le cœur brisé, sont partis pour de longs voyages, lorsqu'un domestique de Pauline entra et lui remit une petite boîte : elle ne contenait que le bracelet.

— Ah ! se dit-il, est-ce donc un remords ? Si je n'avais mis notre bonheur au-dessus des choses de la terre, je comprendrais à demi-mot, et si je restais, je n'aurais pas grand'peine à me faire pardonner.

Il n'avait pu trouver de place aux malles-poste, et il partait modestement par les diligences, seul et sans domestique. Dans la cour des messageries, il aperçut M. de Chavry.

— J'ai voulu vous serrer la main avant votre départ et vous apporter le vœu de l'étrier, dit-il à George; si jamais vous avez besoin d'un ami, monsieur d'Alfarcy, n'oubliez jamais, je vous prie, que je suis le vôtre.

George fut touché de cette démarche; mais il était en veine d'amertume. — Bah ! dit-il après quelques secondes de réflexion, il est simplement venu s'assurer de mon départ.

Quand la voiture s'ébranla, il eut comme un soupir de soulagement. Enfin c'est donc bien fini, et il n'y a plus à y revenir ! En entendant le bruit sourd et saccadé de la diligence lancée au trot, en écoutant les cris du postillon, le frémissement des vitres, il lui sembla que c'était le fracas de toute sa vie qui s'é-

croulait sur lui. Au chemin de fer, pour hisser la
voiture sur le truc, il y eut de nouveaux retards.
George regardait autour de lui avec inquiétude. —
Pourvu, se dit-il, que personne n'ait eu l'idée de venir
encore me dire adieu ici ! — Personne ne vint ; le
convoi se mit en marche ; George rabattit sa casquette
sur ses yeux et resta plongé dans une rêverie infinie,
à laquelle servait de thème la dernière phrase que sa
mère lui avait dite en le quittant : Tu es fou !

A Marseille, il alla chez un orfévre qui lui riva au
bras droit le bracelet de Pauline, et à bord du bateau
à vapeur il ne s'étonna pas trop lorsqu'il voyait sourire les passagers qui apercevaient les chaînons d'or
battant sur son poignet.

Il écrivit à Pauline de Malte, de Smyrne et de
Constantinople ; la seconde lettre qu'il lui adressa de
la vieille Stamboul était datée des premiers jours de
mai et mérite d'être citée :

   « Hier j'étais assis dans un café sur les quais de

Bebeck ; j'entendais sans l'écouter un pauvre Bulgare qui chantait un air triste et lent en s'accompagnant d'un *téhégour* ; je tenais machinalement entre mes doigts les longs tuyaux d'un narghilé éteint, je regardais un groupe de goëlands qui nageaient sur le Bosphore et que doraient les reflets du soleil couchant. Il y avait un grand calme partout ; une sorte de silence lumineux enveloppait toutes choses autour de moi ; j'étais engourdi dans mes songeries et je pensais à vous. Sur le quai, un homme à cheval passa, qui jeta un cri de surprise en m'apercevant ; je courus à lui : c'était le comte Ladislas Palki. Jugez de notre étonnement. Le premier mot qu'il prononça fut votre nom. La mission qu'il était venu accomplir à Paris avait échoué ; d'Allemagne, où il était retourné, il vint en Italie, puis ici, et maintenant il va se jeter en Hongrie. Ne soyez pas surprise, Pauline, je vais l'accompagner ; que Dieu nous garde tous ! Me blâmerez-vous de ce projet si rapidement conçu, et que dès

demain je commencerai à mettre à exécution? Non,
n'est-ce pas? La cause à laquelle je vais porter
l'humble secours de mon bras a de quoi séduire les
grands cœurs, et je sais qu'elle n'a pas laissé le vôtre
indifférent. Il y a là une belle guerre, je veux m'y
mêler; il y a un beau principe, je veux le servir de
toutes mes petites forces. Du reste, j'ai passé la nuit
à causer avec Ladislas, et notre ami m'a tourné la
tête. Donc, vive la Hongrie! nous allons reconquérir
la couronne de saint Étienne! Si, dans cette absence
que nous nous sommes imposée, je restais libre, tout
serai perdu, je reviendrais; si une forte obligation,
si un devoir ne s'interposent pas entre vous et moi,
ma volonté faillira, mon courage déjà ébranlé m'a-
bandonnera tout à fait, et j'accourrai près de vous, à
tout prix, et aux risques de votre cher repos. Et puis,
vous le dirai-je? le sentiment qui me pousse n'est
peut-être pas bon; mais vous le comprendrez, vous
qui comprenez tout. Je ne veux pas que vous vous

disiez avec quiétude : Il voyage, il voit de belles choses, il est heureux peut-être. Je ne veux pas que vous vous accoutumiez à mon absence, je ne veux pas, égoïste que je suis, que vous désappreniez à être troublée de moi. Quand vous saurez que je cours des dangers, que je couche sur la terre nue, cherchant des yeux les étoiles que vous pouvez apercevoir ; quand vous saurez que mon sort est mêlé à celui des armées qui se heurtent sur les rives du Danube, alors vous penserez à moi, vous prierez pour moi ; mon souvenir, ravivé par l'inquiétude, ne vous laissera pas en repos ; je saurai que vous me regrettez, que peut-être vous vous repentez de m'avoir fait partir, et que la nuit, en entendant sonner les heures de votre vie solitaire, vous vous direz : Où est-il ? et que vous ajouterez peut-être : Pourquoi n'est-il pas là ? Ne vous inquiétez pas trop cependant ; quand un homme porte en lui la passion que je sens en moi, il est sacré pour Dieu, et nul péril ne peut l'atteindre. Ladislas prétend que je ferai un bon soldat, il s'y connaît, et vous pouvez l'en croire. Je réponds de vous, m'a-t-il dit ; j'ai eu confiance en lui. Moi je vous dirai : Ayez confiance en nous ! »

Par le courrier qui apportait cette lettre à Pauline, madame d'Alfarey en reçut une qui lui annonçait la résolution de son fils ; elle courut chez Pauline, qu'elle trouva baignée de larmes et en proie à un vrai désespoir.

— Hélas ! lui dit la mère de George, pourquoi n'avez-vous pas empêché son départ ?

II

Quand Ladislas et George eurent traversé le Danube vers le milieu du mois de mai, on pouvait
appliquer à la Hongrie le mot que Michelet a dit
sur elle au Collége de France : « La Hongrie espère
contre l'espérance! » En effet, tout semblait déjà
bien près d'être perdu dans cette grande cause que
d'immenses armées purent seules réduire au silence
et à l'ajournement. Nous n'avons pas à raconter ici
les péripéties de cette lutte gigantesque, dont chaque
détail a jadis fait battre nos cœurs; mais, pour l'intelligence de cette histoire, nous devons dire en quelle
situation se trouvait alors la terre des Magyars. Le
tsar Nicolas s'était décidé à intervenir et à faire « ce
miracle » qui se renouvelle sans cesse pour sauver

5.

l'empire d'Autriche. Ce que les cabinets européens appelaient alors « l'insurrection hongroise » était cerné de tous côtés ; le peuple, il est vrai, s'était levé en masse, et des prêtres marchaient à sa tête. Le patriotisme enfantait des prodiges ; mais que pouvait-on contre les armées qui entouraient la Hongrie d'un cercle de mort ? A l'ouest, l'armée autrichienne, retranchée dans Presbourg et commandée par Haynau, allait se mettre en marche, aidée d'un corps russe sous les ordres de Paniutine ; au sud-ouest, Nugent se préparait à tomber sur les comitats situés entre la Drave et le Danube ; au sud, le ban Jellachich, les Austro-Serbes ravageaient le pays, et deux armées russes menaçaient la Transylvanie ; au nord-ouest, les Russes du général Grabbe se disposaient à franchir la frontière de Moravie ; au nord, le vieux Paskievitch dirigeait le gros de l'armée russe. Déjà l'on pouvait prévoir le dénoûment de la lutte. Partout ce n'était plus qu'une guerre d'extermination. Considérés comme rebelles, les Hongrois pris les armes à la main étaient pendus sans autre forme de procès; on usait de représailles à l'égard des soldats de l'armée autrichienne. Point de quartier ! semblait être le mot d'ordre général. Les terres étaient dévastées, les puits empoisonnés par les cadavres, les moissons détruites, les villages brûlés; les incendies flambaient, le sang coulait; on n'entendait au loin que le bruit des armées en marche, et toute l'Europe regardait du côté du Danube, attentive à cette lutte d'un petit peuple contre deux grands empires.

Ce ne fut pas sans peine et sans courir plus d'un danger que Ladislas et George parvinrent à Pesth, où siégeait encore le gouvernement. Quelques jours avant leur arrivée, Georgey avait, après de longs et terribles assauts, repris Bude sur le général Hentzi ; une grande joie à cette nouvelle avait éclaté dans les cœurs et y avait ramené la confiance. Avec de continuels sacrifices, on espérait encore pouvoir repousser

l'ennemi hors du sol natal, et plus d'une voix en-
tonna la vieille chanson hongroise : « Ils seront toujours vainqueurs, les enfants d'Arpad, les enfants du
soleil, et la terre des Magyars ne leur sera point ar-
rachée ! » Hélas ! ce ne fut qu'une lueur dans les
ténèbres ! Il ne fallut pas longtemps à George pour
reconnaître dans quelle impasse effroyable il venait
de s'engager avec une imprudence qui ressemblait à
de la folie. — J'en ai vu bien d'autres ! lui disait Ladislas ; nous en sortirons. — George secouait la tête
et pensait à ce petit salon de Pauline où il avait passé
des heures si douces, maintenant si regrettées.

Les deux amis vivaient au hasard de la guerre,
tantôt avec un corps d'armée, tantôt avec un autre,
et ils restèrent ainsi sans destination fixe jusqu'au
jour où ils furent attachés au général D..., qui devait
rouvrir les communications entre le gouvernement
hongrois, alors réfugié à Szegedin, et la Transylvanie,
où Bem, le terrible et légendaire capitaine, tenait la

campagne, repoussait Jellachich et écrivait cette étrange lettre devenue célèbre : « *Bem Ban bum ;* » littéralement : « Bem bat Ban. » Sans être impossible, la tâche était difficile, car les corps de Haynau et de Paniutine s'approchaient pour débloquer Temesvar et pour empêcher le général D... de pénétrer en Transylvanie.

C'était dans la première quinzaine du mois de juillet ; Ladislas, attaché au général en chef, avait gardé avec lui George, qui s'était conduit d'une façon extrêmement brillante dans une affaire d'avant-garde ; ils partirent.

— Où allons-nous ? avait demandé George.

— Vers l'inconnu, lui répondit Ladislas ; et, lui montrant les troupes qui défilaient à travers la campagne, suivies d'une immense quantité de chariots : — Beaucoup de ceux qui partent, ajouta-t-il, ne reviendront pas ! La route vous est ouverte, mon cher George ; je me repens de vous avoir entraîné dans mon aventure. Vous n'appartenez pas, comme moi, à une de ces nations qui ne doivent marcher que l'épée au poing, parce qu'elles sont depuis longtemps courbées sous la défaite. Ici rien ne vous retient, partez. Vous pouvez gagner encore la frontière turque, votre qualité de Français vous protégera; moi, j'accomplis un devoir, car je suis de ceux qui ont fait le serment d'Annibal. Vous, vous êtes libre. Si, dans cette vie, vous sentez encore quelque chose vous poindre au cœur, n'hésitez pas, et ne me suivez pas dans l'enfer où nous allons entrer.

— J'ai passé la nuit à penser à tout ce que vous me dites, répliqua George; je suis un peu fataliste, et je m'en vais, en fermant les yeux, où le destin me mène. Je ne suis pas César, mais je vous dirai, comme lui : « Le sort en est jeté ! »

— *All right* alors ! s'écria Ladislas. Après tout, les empereurs de Russie et d'Autriche ne sont peut-être pas aussi noirs qu'ils en ont l'air, et nous passerons à travers leurs troupes comme les Hébreux à travers la mer Rouge.

George ne disait pas toute la vérité : il avait reçu des lettres de France ; celle de Pauline était triste et découragée.

« Croyez-vous, lui disait-elle, avoir bien fait en me laissant ainsi me débattre contre une inquiétude qui va s'accroître à toute minute par l'absence des nouvelles et par les dangers qui vous attendent à chaque coin de route ? N'avais-je pas assez de ma propre peine ? n'avais-je pas assez de cet éloignement qu'il a fallu nous imposer, et aviez-vous bien le droit d'ajouter tant de tourments à ma douleur ? On croirait que vous avez voulu me punir du sacrifice auquel nous avons consenti ! Ce sacrifice n'était-il donc pas par lui-même une condition assez dure ? Je n'ai et ne veux avoir aucun droit sur vous ; pensez à moi cependant, et lorsque quelque beau hasard tentera votre courage, souvenez-vous qu'il y a ici une pauvre femme qui prie pour vous et se désole de vous savoir

en péril. »

Madame d'Alfarey était fort irritée et revenait avec

insistance sur des conseils que son fils avait déjà dé-

daignés. « Quelle mouche te pique? lui écrivait-elle.

Et qu'as-tu à faire avec ces Hongrois, qui méritent

d'être fouettés de verges comme des enfants indisci-

plinés? Laisse-les au plus vite, et reviens à tire-d'aile,

méchant pigeon voyageur, car tu trouveras ici :

Bon souper, bon gîte et le reste ! »

Cette façon badine et presque provocante de parler

des choses les plus sérieuses irritait George, et, par

contradiction peut-être, l'affermissait dans sa résolu-

tion. — Pourquoi, se disait-il, me parle-t-elle donc

sans cesse de ce qu'elle ne comprend pas? Pourquoi

reviendrais-je? Mon retour est impossible, car la si-

tuation n'est pas changée qui rendait mon départ né-

cessaire. Je resterai ; ici du moins mon âme est occupée, et les dangers qui m'entourent l'arrachent à ses tristesses.

Du reste, on l'aimait dans l'armée hongroise; les soldats le connaissaient pour l'avoir vu au feu, et ils l'appelaient dans leur étrange et sonore langage : *az arany karpereczes ember* (l'homme au bracelet d'or). Ladislas lui était d'un grand secours; pendant les longues marches de la journée, pendant les soirées du bivouac, ils causaient ensemble; le nom de Pauline revenait souvent, pour ne pas dire toujours, dans leurs conversations. Peu à peu, comme des oiseaux qui s'échappent l'un après l'autre de la volière, chaque phase de l'histoire de George s'était envolée de son cœur, détail par détail; maintenant Ladislas n'ignorait rien de ce singulier roman, et peut-être en eût-il ri un peu tout bas, si Pauline, dont il connaissait la haute vertu, n'en avait été l'héroïne. — Si je meurs, avait dit George à son ami dans une heure d'expansion, promettez-moi de reporter à Pauline ce

bracelet qu'elle m'a donné, et qui a si souvent fait
sourire ceux qui l'ont vu.

La mélancolie de George s'était, non pas effacée,
mais à la longue atténuée en présence des émouvants
spectacles qui se déroulaient sous ses yeux. Cette
guerre d'escarmouches était faite pour le distraire de
ses pensées ; le tableau de cette armée où toutes les
coutumes se mêlaient, où tant de peuples divers se
rassemblaient, l'ignorance du lendemain, l'insuffi-
sance même de l'existence matérielle, la privation, la
fatigue, que sais-je? mille choses, jointes à la curiosité et à l'insouciance de la jeunesse, écartaient de son
esprit les images lointaines qui l'auraient trop vivement troublé. Le plus souvent qu'il le pouvait, il
écrivait à Pauline. Ils étaient superflus, les efforts
qu'il faisait pour la rassurer. La pauvre femme se
désespérait, elle prêtait l'oreille à tous les bruits qui
venaient du côté de la Hongrie ; elle lisait ardemment
les journaux : mais quelle vérité y trouver? quelle

espérance y puiser? — La cause des Magyars triomphe sur tous les points, disait l'un; la cause des Hongrois rebelles est à jamais perdue, disait l'autre. Pauline restait parfois des heures entières penchée sur
une carte dé Hongrie, se relevait tout à coup et s'é-
criait en pleurant : — Ah! mon Dieu! mon Dieu!
ayez pitié de moi! — Un jour, dans une réunion intime, elle soutint que la France devait intervenir
contre l'empereur d'Autriche et délivrer les Magyars.
On la crut folle; ne fallait-il pas en effet avoir perdu
toute raison pour témoigner de la sympathie aux Hongrois, qui, dans les idées du monde, n'étaient alors
que des « républicains rouges? » Hélas! c'étaient
simplement des hommes qui aimaient leur patrie
comme on nous a appris à aimer la nôtre, et qui la
défendaient comme nous saurions, j'espère, défendre
notre pays.

La vie de George cependant se passait en marches
et en combats. Les Hongrois allaient toujours en or-

dre de bataille, redoutant les surprises. On passait les
rivières, on traversait les grands bois pleins d'ombre,
qui, le soir, s'emplissaient des feux du bivouac; on
dormait à la belle étoile; on mangeait ce qu'on pouvait, souvent en maraude et parfois fort mal; on
échangeait quelques coups de fusil avec des vedettes
ennemies trop curieuses; on chantait quelque vieux
refrain populaire, on dansait même lorsque les haltes
se prolongeaient, et l'on ne se plaignait pas trop. Une
longue bande de ces *zingari* qui vivent en nomades
sur les bords du Danube et dans les Carpathes suivait
l'armée et souvent se mêlait à elle. Quoiqu'on ne les
aimât guère, on les tolérait, car ils rendaient des ser-
vices; les femmes pansaient les blessés, et les hommes, qui sont les premiers maquignons du monde,
ferraient les chevaux, et en prenaient soin quand ils
étaient malades. Lorsque l'armée s'arrêtait, ils éta-
blissaient leur campement non loin d'elle, derrière le
rempart de leurs chariots réunis en cercle. Attirés

par leurs habitudes étranges et leurs pittoresques allures, souvent Ladislas et George se mêlaient à eux et
les faisaient danser ou chanter. On les connaissait;
quand ils arrivaient, les enfants presque nus accou-
raient autour d'eux, les femmes prenaient leur tam-
bour de basque, les hommes leur *cithra*, et c'était
joie dans le campcment, car jamais ils ne s'en
allaient sans laisser tomber force petites pièces de
monnaie dans les mains brunes qu'on tendait devant
eux.

Un soir qu'on avait campé sur l'emplacement d'un
village détruit la veille par l'incendie, et où, au lieu
des vivres et des secours que l'on espérait rencontrer, on n'avait trouvé que des puits comblés, des
maisons brûlées à ras du sol, la désolation, la famine
et la mort, les deux compagnons, assis sur quelques
pierres noircies, mangeaient assez tristement un
morceau de pain de soldat en attendant le moment
de se rouler dans leur manteau et de dormir, si tou-

tefois la fusillade leur en laissait le loisir. Près d'eux, une petite bohémienne en souquenille ramassait quelques morceaux de bois que le feu n'avait point encore réduits en cendres, et chantonnait, tout en jetant du côté de George des regards furtifs.

— Qu'avez-vous donc ? dit Ladislas à son ami, vous paraissez peu en appétit ce soir ; le repas n'est guère succulent, j'en conviens, mais à la guerre il faut avoir quelque philosophie.

— Ah ! répliqua George avec un doux sourire, il n'y a pas de philosophie qui tienne contre un pain pareil, il résiste à tous les syllogismes : quand depuis trois jours on n'a pas d'autre nourriture !...

La petite bohémienne, redressant la tête, avait écouté les paroles que Ladislas et George échangeaient en allemand ; elle marcha vers ce dernier et lui dit : Attendez. Puis elle prit sa course et disparut. Au but de quelques minutes, elle revint, et offrit à George une cuisse de chevreau fumant.

— Où diable as-tu pris cela ? dit-il.

— Dans la chaudière de nos hommes, on ne m'a pas vue ; mangez, vous avez faim.

— Mais tu l'as donc volé ? reprit George.

L'enfant fit une petite moue et hocha la tête, comme pour dire : Qu'est-ce que cela fait ?

George prit une pièce d'or dans sa bourse et la donna à la bohémienne, qui devint fort rouge ; elle tournait la pièce entre ses doigts comme si elle hésitait à l'accepter, baissait les yeux et semblait confuse. Tout à coup elle eut un beau jeune sourire qui glissa sur son visage ; elle noua la pièce dans un coin du sale mouchoir jaune qui retenait ses cheveux. — Je la prends, dit-elle ; merci.

George la regardait et s'étonnait de son aspect singulier. Elle pouvait avoir quatorze ans ; ses bras maigres, son cou à tendons saillants, ses mains longues, sa poitrine plate, l'eussent fait prendre pour un garçon, si l'inconcevable douceur de ses yeux

noirs n'eût dénoncé une femme au premier aspect.
Elle était laide, et dans cet âge, qu'on appelle avec
justesse l'âge ingrat, où la jeune fille, encore indécise, a tant de peine à sortir des limbes obscurs de
l'enfance. Les misères de la vie errante l'avaient
affaiblie et comme retardée ; ses jambes minces et ses
pieds osseux sortaient d'une robe en lambeaux qui
laissait apercevoir ses épaules saillantes ; ses cheveux
d'un noir bleu s'ébouriffaient sur ses tempes creuses
et cachaient à demi ses oreilles, où pendaient de
larges ornements de cuivre. Son front semblait trop
large pour le visage décharné qu'il surmontait, pareil à ces frontons démesurés qui couronnent des
architectures trop grêles ; sa peau brune avait des
tons olivâtres qui faisaient paraître plus blanches
encore les dents éblouissantes qu'elle montrait en
souriant. Ses gestes avaient une sorte de brusquerie
sauvage qui contrastait avec le timbre presque attendri de sa voix. Elle se tenait debout devant

George, dans une attitude à la fois pleine de respect et de curiosité ; elle souriait en le voyant manger avec appétit.

— Est-ce que tu me connais? demanda George.

— Oui, répondit-elle ; vous êtes l'homme au bracelet d'or. Vous êtes venu souvent au campement de nos hommes ; vous avez la main prodigue, parce que vous avez le cœur bon. Quand vous venez et que je vous vois, cela me fait plaisir.

— Prenez garde, mon ami, s'écria Ladislas en riant, cette charmeresse couleur de chaudron vous fait une déclaration d'amour !

La bohémienne jeta un regard de colère sur Ladislas. — Pourquoi te moques-tu de moi ? lui dit-elle. Si ma peau est noire, c'est que je suis née sous le soleil, bien loin d'ici, et, ajouta-t-elle avec une triste inflexion de voix, je ne sais rien charmer.

— Où donc es-tu née? demanda George.

— Je ne sais ; dans un pays où il y a de grands

6

fleuves et des femmes qui ont la peau jaune comme
du safran.

— Et comment t'appelles-tu ?

— La femme qui m'a nourrie et longtemps portée
sur son dos me nommait Bégara, mais nos hommes
m'appellent Mezaamet.

— Eh ! s'écria George avec surprise, c'est un mot
arabe qui signifie *couleuvre*.

— Je le sais, répliqua-t-elle. Je connais bien des
langues ; nous sommes restés deux ans près d'une
vieille ville en ruines que les gens du pays appelaient Baalbeck : là, j'ai appris l'arabe.

— Ah ! ah ! reprit George. Pourrais-tu me dire ce
qu'il y a sur mon bracelet ?

— Je ne sais pas lire, répondit Mezaamet.

George lui lut les mots arabes qui se déroulaient
en lettres ornées sur les plaquettes d'or. Elle l'écouta,
puis, le regardant attentivement au visage, elle secoua la tête avec tristesse et lui répondit : — Si vous

restez ici, vous ferez mentir la légende de votre bracelet. Vous êtes dans la contrée des heures mauvaises : allez-vous-en !

C'est en vain que George l'interrogea pour avoir la signification de ces dernières paroles ; elle refusa de s'expliquer. Elle avait levé les yeux vers le ciel, et suivait du regard un vol d'oiseaux qui fuyaient dans la direction du midi. — Déjà des grives! dit-elle lentement. L'hiver sera rude, et il fera froid pour les pauvres morts qui dormiront sous terre.

Quelques instants après, elle s'accroupit devant George, prit son bras et examina curieusement le bracelet. — Qui vous l'a donné? dit-elle ; celle qui vous aime? Ah ! comme elle doit pleurer de ne plus vous voir ! La nuit vous y pensez, et vous écoutez retentir en vous-même l'écho de ses sanglots. Je le sais : hier vous passiez près d'un bois, et il y avait de vieux corbeaux perchés sur un chêne qui m'ont raconté votre histoire.

— Au diable la couleuvre ! s'écria Ladislas avec quelque étonnement ; es-tu donc sorcière ?

— Ni charmeresse ni sorcière, répliqua-t-elle. Si je tardais à revenir au campement, je serais battue ; bonne nuit, cavaliers ! — Et elle se sauva.

Le lendemain, une curiosité qu'ils tâchèrent de ne pas s'avouer les entraîna du côté des bohémiens. Mezaamet semblait les attendre et vint à eux. La pièce d'or que George lui avait donnée, percée d'un trou et retenue par un cordonnet de cuir, pendait sur sa poitrine.

— Est-ce donc un talisman ? lui demanda George.

— Oui, répliqua-t-elle en baissant les yeux, puisque c'est vous qui me l'avez donnée.

— Décidément, mon cher, dit Ladislas avec un léger accent d'ironie dont les esprits même supérieurs ne peuvent pas toujours se défendre lorsqu'ils voient une femme, quelle qu'elle soit, leur préférer un autre homme, décidément vous avez fait sa conquête. Allons, petite magicienne ! dit-il à Mezaamet en lui tendant la paume de sa main, dis-nous la bonne aventure.

— Non, répondit-elle d'une voix mélancolique et traînante, car je ne veux annoncer que des choses heureuses à l'homme au bracelet d'or.

— Me voilà pour vous tirer votre horoscope, dit une vieille femme qui passait, cette fillette n'y entend rien.

La vieille bohémienne s'accroupit en face de George, qui s'assit sur le talus d'un fossé. D'un sac rapiécé qui pendait à sa ceinture, elle tira une coupelle de bois qu'elle remplit de sable, et y dessina des lignes bizarres en murmurant des paroles étranges qu'elle prononçait très-vite et très-bas. Voici ce qu'elle disait : — Au nom divin et humain de Schaddaï, par le signe tout-puissant du pentagramme ; au nom d'Anaël, par la force d'Adam et d'Héva, qui sont Jotchavah, retire-toi, Lilith, retire-toi, Nahémah !

6.

Par les saints Eloïm, par les noms des génies Cashiel,
Séhaltiel, Aphiel et Zarahiel, au commandement
d'Orifiel, détourne-toi de nous, Moloch! détourne-
toi, tu n'auras pas nos enfants à dévorer.

Mezaamet, agenouillée près de la sorcière en
haillons, suivait d'un œil ardent les lignes que le
doigt agile traçait dans le sable; puis ses regards se
portaient avec un singulier attendrissement sur le
visage de George, qui souriait, animé par une sorte
d'incrédulité préconçue. La vieille avait fini son in-
vocation, et elle reprit à voix haute, sans lever les
yeux de dessus la sébile pleine de sable magique :
— Bien loin, bien loin d'ici, il y a des cris de douleur, et un être vient de fermer pour toujours ses
lèvres, qui ont prononcé ton nom... Va-t'en! va-t'en!
cette terre est mauvaise pour toi. Où est ta patrie ?
pourquoi l'as-tu quittée ? Monte à cheval, sauve-toi
sans retourner la tête. Ah! tu veux rester, pauvre
niais qui crains de passer pour un lâche? Mais va-

t'en donc! il y a du sang à ton cou, et ta blanche chemise est devenue toute rouge. — Ah! comme les femmes pleurent, comme le temps leur est long! — Ah! la petite couleuvre aussi a été blessée au cœur, et nos hommes se rient d'elle, parce que ses yeux sont tout en larmes. — Va-t'en! ou la terre des Magyars ne te laissera plus partir.

— Mais tais-toi donc, vieille chouette! s'écria Mezaamet en donnant un coup de poing sur la sébile, qui vola au loin avec le sable.

La bohémienne se leva furieuse, jurant et courant après la petite fille, qui s'échappa.

Malgré lui, George restait triste et préoccupé : il était de ceux qui croient peu au surnaturel ; mais il y avait dans les prédictions de la vieille sorcière quelque chose de si net et de si précis, qu'il en demeura troublé. Le jour même, il écrivit à Pauline, et sa lettre se ressentait de l'inquiétude qui s'était emparée de son esprit. « Ce n'est plus qu'affaire de

temps, lui disait-il ; avant un mois, nous aurons
certainement gagné la Transylvanie, et là nous serons
en sûreté. Il me sera permis alors d'abandonner naturellement l'armée, et je vous avoue que je le ferai
avec plaisir. Je n'ai plus cette belle confiance des
premiers jours, et je crois que vous ne me méprise-
rez pas trop si je vous dis que j'ai peur de mourir ;
vous êtes pour moi comme un bonheur lointain
qu'un jour il me sera donné d'atteindre, et tant que
ce jour m'apparaîtra dans l'avenir, il me serait odieux
de partir pour ce que nos espérances humaines appellent un monde meilleur. Hélas ! Pauline, le bonheur, nous l'avions, il était à nous. Pourquoi l'avoir
brisé ainsi volontairement ? n'avons-nous pas commis
une de ces actions mauvaises que Dieu punit et ne
pardonne pas ? »

Si par miracle Pauline avait pu recevoir cette lettre
le jour même où elle fut écrite, il est certain qu'elle
eût dit à George : « Quoi qu'il puisse advenir, reve-

nez! » Mais il n'en fut point ainsi, et cette lettre n'arriva que bien tard.

Chaque jour cependant George rencontrait la petite bohémienne ; elle passait près de lui en courant, lui jetait un regard et disparaissait ; parfois, pendant de longues heures, elle marchait à ses côtés, forçant son pas jusqu'à suivre l'allure de son cheval, silencieuse et comme toute pénétrée d'un bonheur intérieur dont elle ne laissait rien paraître. Quand les hasards du chemin avaient amené une rencontre avec quelques troupes ennemies, elle accourait souvent au milieu de la fusillade, et poussait un cri de joie en apercevant George sain et sauf. Il s'était accoutumé à elle ; et bien souvent ce fut elle qui débrida son cheval et lui donna sa pitance. Alors elle s'accroupissait près de l'animal pendant qu'il mangeait, le tenant par son licol, lui caressant la crinière et lui baisant les naseaux ; elle lui avait même pendu au poitrail un sachet de cuir, qui contenait, disait-elle, un talisman

infaillible contre la morte violente, et dont la vertu
était telle qu'elle protégeait le cheval et le cavalier.
George la laissait faire et la remerciait d'un sourire.
— Ah ! lui disait-elle, comme votre pensée est loin
d'ici ! ce bracelet est-il donc un charme qui vous at-
tache pour toujours ?

Parfois elle avait pour lui des soins charmants et
presque maternels ; une nuit qu'on avait bivouaqué
en plein air, de gros nuages accourus de l'ouest voi-
lèrent le ciel, et bientôt la pluie tomba. George, couché près d'un buisson, dormait, la tête appuyée sur
son porte-manteau. Le matin, quand il se réveilla
près de ses compagnons trempés jusqu'aux os, il
était abrité par une grande mante rayée qu'on avait
jetée sur lui ; Mezaamet, assise à ses côtés, l'avait
couvert ainsi en le regardant dormir ; l'eau ruisselait
sur ses pauvres bras maigres et collait ses cheveux
sur ses tempes. George la gronda ; elle ramassa le
manteau, poussa un éclat de rire et se sauva en gam-

badant. Ladislas riait beaucoup de l'amour que son ami inspirait à cette étrange fille ; George ne le considérait que comme un enfantillage sans conséquence.

Vers les derniers jours du mois de juillet, Ladislas et George avaient été chargés de conduire une reconnaissance à laquelle le général D... attachait une importance extrême. Il s'agissait de faire, à travers les ténèbres et dans le silence, une route d'environ deux lieues, afin de reconnaître la position exacte d'un corps de troupes ennemies qu'on supposait en marche pour couper les communications de l'armée hongroise. L'obscurité était profonde, les nuages amoncelés couvraient le ciel, nul vent n'agitait les arbres ; c'était une de ces nuits aveugles et muettes comme l'été en a parfois dans les pays humides. Cent cavaliers choisis pour cette expédition étaient en selle. On échangea le mot d'ordre à voix basse, et l'on partit, l'œil aux aguets et l'oreille à l'écoute. On tra-

versa des champs de maïs et des marécages d'où les
judelles réveillées s'envolaient à grand bruit. Au
bout d'une heure, on était égaré. Le ciel voilé ne
permettait pas d'interroger les étoiles. La troupe
s'arrêta.

— Où sommes-nous? dit Ladislas. — On s'interrogea, nul ne put répondre. On hésitait. Tout à coup,
à travers les joncs qui bordaient un large ruisseau
dont on entendait le murmure indécis, on vit une
forme blanchâtre qui marchait vers les cavaliers
immobiles.

— C'est la fée des marécages, dit un vieux soldat
qui se tenait près de George; son apparition est de
mauvais augure; cette méchante diablesse qui a des
cheveux verts et des pieds de grenouille vient ici en
signe de mort, je vais tirer dessus.

George arrêta la main du cavalier, qui armait déjà
un pistolet.

— Qui vive! cria-t-il.

— Vive la terre des Magyars ! répondit une jeune voix, et presque aussitôt on reconnut Mezaamet. Elle s'avança vers George et Ladislas.

— Je savais que vous étiez partis en expédition ce soir, leur dit-elle ; j'ai consulté les tarots, ils m'ont appris que vous alliez vous égarer près du marais ; j'ai vite couru pour vous y attendre. Vous avez fait fausse route ; je sais où vous allez, je connais tous les chemins ; laissez-moi vous guider.

— Marche donc devant nous, répondit Ladislas, qui était de fort mauvaise humeur, et si tu tiens à tes os, tâche de ne pas te tromper, car je me méfie de ta vilaine race de bohémiens.

— Eh ! Polonais rétif, murmura Mezaamet, que me font tes menaces ? Est-ce donc toi que j'ai voulu sauver ? — Elle se rapprocha de George jusqu'à pouvoir appuyer la main sur la crinière de son cheval, et elle se mit en marche à travers l'ombre épaisse avec une inconcevable adresse que George admirait.

7

— Tu es, lui dit-il, comme ce Gourdnéi aux yeux de chat dont parlent les romans de la Table ronde, tu y vois la nuit aussi bien que le jour.

— Hélas ! répondit-elle, je vois devant moi dans le temps et dans l'espace, c'est pour cela que mon cœur est triste.

Pendant deux heures, on alla ainsi dans l'obscurité, où retentissait seul le sourd piétinement des chevaux. La petite bohémienne s'arrêta.

— C'est ici, dit-elle ; vous êtes derrière un rideau de bois qui vous protége ; laissez-moi aller fureter dans le village ; avant un quart d'heure, je serai revenue, et vous saurez ce qu'il vous reste à faire.

On lui adjoignit deux cavaliers qui mirent pied à terre, et elle s'éloigna, se glissant parmi les arbres avec une agilité de couleuvre qui justifiait son nom. Les renseignements qu'elle rapporta au bout de quelques minutes n'étaient pas de nature à satisfaire Ladislas. Un corps d'armée ennemi avait en effet traversé le village ; mais depuis la veille il en était parti, se dirigeant à marchés forcées du côté de la Transylvanie. Les nouvelles données au général D..., bien qu'exactes, lui avaient été transmises trop tard, et tout l'avantage qu'on aurait pu en retirer se trouvait perdu. La petite troupe marcha sur le village, qu'elle envahit ; on interrogea les habitants, qui confirmèrent le rapport de Mezaamet.

Ladislas se tourna vers George avec un découragement qu'il ne chercha même pas à dissimuler. — Hélas ! dit-il, notre ciel a bien des nuages. Ah ! mon pauvre ami, quel démon m'a soufflé cette mauvaise idée de vous emmener en Hongrie avec moi !

On tourna bride, on revint. Ladislas, en tête, s'en allait, pâle et morne, laissant à son cheval le soin de le conduire ; George rêvait ; à chacun de ses mouvements, le bracelet sonnait sur son bras. — Je t'entends, disait George à voix basse ; mais pourrai-je jamais te reporter à celle qui t'a donné à moi ?

Les jours passaient, l'heure de la Hongrie était près de sonner. Depuis tant de longs mois que le peuple magyar luttait pour la cause sacrée de son indépendance, il avait vu ses justes espoirs se perdre peu à peu, et il comprenait aujourd'hui, enfermé entre l'Autriche et la Russie, qu'un miracle seul pouvait le sauver.

L'armée du général D... avait marché ; elle n'était qu'à une journée de la place de Temeswar, que depuis plus de trois mois les Hongrois assiégeaient en vain. Suivi de près par les corps de Haynau et de Paniutine, le général D... se retirait en bon ordre, maintenant ses positions avec l'habileté qui l'a rendu célèbre, n'acceptant pas une bataille qu'il jugeait devoir être fatale, et poursuivant imperturbablement son plan, qui était de se jeter en Transylvanie, d'y réunir les débris de toutes les armées hongroises et d'y recommencer la guerre sainte, la croisade, comme disaient les Magyars.

On était arrivé au 8 août 1849; on avait fait halte vers le milieu de la journée pour donner aux troupes, harassées par les longues marches sous le soleil, le temps de prendre un repos devenu indispensable. Ladislas sortait de chez le général en chef, auquel un courrier venait d'apporter les dépêches du gouvernement, qui, se retirant pas à pas devant l'invasion ennemie, siégeait actuellement à Arad. — Ah! dit-il à George, d'ici à peu nous sentirons l'odeur de la poudre... Mais, tenez, voici une lettre de France envoyée pour vous avec les dépêches du général.

Ladislas s'éloigna pour donner des ordres. George ouvrit rapidement la lettre. A peine eut-il parcouru les premières lignes, qu'il jeta un cri de surprise qui ressemblait presque à un cri de désespoir. Il lut la lettre, la relut, et, laissant tomber son front sur ses bras croisés, il s'abîma dans ses pensées ; deux grosses larmes coulaient le long de ses joues. Toute l'amertume de la vie semblait lui être montée au cœur, —

Ah ! se disait-il, avoir joué avec un pareil bonheur, n'avoir à cette heure que la main à étendre pour le saisir, et le perdre peut-être à jamais !

A cet instant, Mezaamet passait, chantant un couplet de ballade roumaine :

« Dis-leur que j'ai épousé une belle reine, la fiancée du monde ; dis-leur qu'au moment de l'union une étoile a filé, que le soleil et la lune ont tenu la couronne sur ma tête, que j'ai eu pour témoins les pins et les platanes de la forêt, pour prêtres les hautes montagnes, pour orchestre les oiseaux, et pour flambeaux les astres du firmament. »

— De qui parles-tu donc ? lui cria George.

— De la mort, répondit-elle, la fiancée du monde !

Lorsque Ladislas revint auprès de George, il le trouva dans une agitation telle qu'elle ressemblait à de la fièvre. Il marchait à grands pas, avec ce mouvement rapide et régulier des bêtes sauvages enfermées dans leur cage. Sa main, enfoncée sous ses vê-

tements entr'ouverts, étreignait son cœur. Parfois il
s'arrêtait, s'appuyait contre un arbre, et, levant la
tête, paraissait chercher à travers le ciel une lueur
qu'il n'apercevait pas. Aux paroles de Ladislas, il ne
répondait que par des monosyllabes qui s'échappaient
de ses lèvres avec brutalité. — Mais qu'avez-vous,
mon pauvre ami? lui dit enfin Ladislas; vous souf=
frez. Les nouvelles de France que vous avez reçues
sont-elles donc mauvaises?

A cette question, George fixa sur Ladislas ses yeux,
où se heurtaient des sentiments confus de joie et de
désespoir. — Non, certes, dit-il; pas mauvaises, et
désastreuses cependant. Ah! mon cœur est près de
se briser.

Un sanglot lui coupa la voix. Ladislas, effrayé, le
prit dans ses bras. George s'arracha à son étreinte.—
Laissez-moi, s'écriait-il, ne me permettez pas de
m'attendrir; j'ai besoin de tout mon courage; il faut
que je sois un homme, il le faut et je le serai ; je

le serai, répéta-t-il plusieurs fois machinalement.

Puis il s'éloigna de quelques pas, se jeta par terre à l'ombre d'un arbre et s'étendit, les mains croisées sur ses yeux, comme s'il voulait dormir ou se recueillir dans une pensée secrète. — Pauvre être! murmura Ladislas. Ne savait-il donc pas, en venant se joindre à nous, qu'il peut seul marcher dans notre voie, celui qui a dit un éternel adieu aux choses de ce monde dont l'homme a fait des espérances? Il souffre, son cœur est plein d'une image qui le tourmente. Il regrette aujourd'hui ce qu'il a fait hier, comme demain sans doute il regrettera son chagrin d'aujourd'hui. — Et, se rappelant un passage de *Goetz de Berlichingen*, il ajouta : — Si tu ne veux répandre dans son âme aucune consolation, père des hommes, envoie au moins le sommeil à son corps?

Ladislas resta longtemps songeur, pris lui-même dans ses propres pensées, où se mêlaient sans doute le souvenir indécis de Pauline et l'ardeur de ses aspi-

rations pour sa patrie vaincue. Jusqu'au soir il rêva
à travers le bruit, remué par ces émotions vagues
qu'on se rappelle volontiers après un malheur accompli et qu'on nomme alors des pressentiments. Il
allait se mettre en quête d'une place où il pût dormir, lorsqu'il entendit un bruit de robe dans le feuillage, et il aperçut la petite bohémienne. Son visage
triste semblait plus pâle encore que de coutume.

— J'ai vu George, dit-elle; il dort. Bien, bien!
qu'il prenne des forces! Les Impériaux ne sont pas
loin; ils sont nombreux, ils ont des canons, et marchent en bon ordre. S'ils n'avaient éteint leurs feux
on les verrait d'ici. J'ai passé à travers les vignes, j'ai
franchi le Nyarad à la nage, je les ai vus; je me suis
glissée parmi eux, je les ai entendus, ils sont prêts à
combattre.

— Et nous aussi, nous sommes prêts, répondit Ladislas. Tout ce que tu me dis, je le sais; mais la terre
des Magyars n'est pas encore à eux.

7.

— La terre des Magyars est une terre avide, répliqua Mezaamet; elle a soif, il faut l'abreuver; elle est
affamée, il faut la nourrir. Ce soir, les corbeaux ont
longtemps volé en cercle après le coucher du soleil;
c'est signe que bientôt il y aura un grand carnage.
Veillez sur vous, mais surtout veillez sur George.

Elle s'en alla lentement, sans se retourner, et Ladislas se livra à ce sommeil pour ainsi dire vigilant
qui est particulier aux soldats et aux voyageurs. Une
ou deux fois il souleva la tête en entendant le bruit
d'une patrouille qui passait près de lui; il rouvrit
les yeux à la voix des vedettes qui criaient d'espace
en espace, comme un lugubre écho : « Sentinelles,
prenez garde à vous ! » Puis l'obscurité se fit tout à
fait sur ses paupières. Vers le milieu de la nuit, il se
sentit touché sur l'épaule; il s'éveilla brusquement,
et aux clartés de la lune déjà diminuée, car elle commençait son déclin, il aperçut George assis près de lui.

— Je ne puis dormir, lui dit George; cette nuit est

interminable. J'entends dans mon cœur de mauvais conseils qui parlent plus haut que je ne voudrais. Pardonnez-moi de venir vous réveiller, mais j'espère qu'au bruit de vos paroles les fantômes qui m'obsèdent s'envoleront. Causons; j'ai besoin d'être distrait de tout ce qui me tourmente.

— Causons, repartit Ladislas avec la philosophie des gens forts, accoutumés à secourir les défaillants. Il considérait George, dont la pâleur, la parole brève et saccadée annonçait le trouble excessif; mais à certaine dureté du regard il comprit que son cœur, écrasé par quelque chagrin nouveau, n'était pas prêt à s'ouvrir aux confidences. Il le compara mentalement au malade qui demande un soulagement pour ses souffrances sans vouloir dire quel est son mal, et, évitant même de prononcer le nom de Pauline, il entama avec son ami une conversation sur la guerre, la diplomatie et l'état de l'Europe, toutes choses dont à ce moment George ne se souciait guère.

Absorbé dans ses propres pensées, George semblait l'écouter avec recueillement, lorsqu'il l'interrompit tout à coup en lui disant : — N'avez-vous jamais eu peur dans votre vie, et pendant un combat n'avez-vous jamais pensé à la fuite ?

— Parbleu ! répondit Ladislas en éclatant de rire, c'est bien la peine de me faire bavarder pendant une heure pour ne pas m'écouter. Au reste, c'est votre affaire, et vous ne m'avez réveillé que pour avoir un interlocuteur qui vous donnât la réplique. Vous me demandez si j'ai eu peur : oui, souvent ; si j'ai songé à m'enfuir : oui, une fois. — Et, baissant la voix, il raconta à George l'histoire que Pauline lui avait déjà dite.

— Mais enfin, reprit George, si un de ces jours, dans la prochaine bataille par exemple, je me sauvais, que penseriez-vous de moi ?

Ladislas, qui dans plus d'une circonstance avait pu apprécier le courage de George, le regarda avec

étonnement; puis levant les épaules, il lui répondit :
Je penserais que vous êtes fou ou malade. Mais à qui
diable en avez-vous avec vos questions de cons-
crit ?

— Moi, répliqua George, je n'ai rien. — Et il retomba dans son silence.

Ladislas fit un geste que madame de Sévigné eût
traduit : « Je jette ma langue aux chiens; » puis, se
laissant glisser sur son manteau, il ferma les yeux et
reprit son sommeil interrompu. Peu à peu la nuit
s'effaça, et le pâle crépuscule apparut. Le ciel était
pur et semblable à une voûte de turquoise ; vers l'est,
quelques teintes couleur de safran précédaient le soleil encore éloigné; George, immobile et comme
perdu dans une rêverie lointaine, restait assis à la lisière du bois et regardait la plaine immense qui se dé-
roulait sous ses yeux. De loin en loin, quelques bataillons déjà en marche passaient à travers les champs de
maïs, dont ils faisaient onduler les hautes tiges ; une

brise fraîche remuait le feuillage des arbres, où les oiseaux éveillés commençaient à chanter. Parmi des prairies plus vertes que des émeraudes, on apercevait les méandres brillants du Nyarad, dont le cours irrégulier s'étendait ici en marécages plantureux, et là se resserrait jusqu'à devenir une sorte de torrent. Couchés pêle-mêle, au hasard de la fatigue, des soldats dormaient, tandis que les chevaux attachés mangeaient, à longueur du licou, l'herbe qu'ils pouvaient atteindre ; l'atmosphère transparente annonçait une de ces belles journées de juillet qui sont comme des fêtes lumineuses que le soleil donne à la terre. Au-dessus des montagnes qui enclavaient la plaine et fermaient l'horizon, un vol de cigognes voyageait dans le ciel. George le suivait instinctivement des yeux, et, répondant aux songeries qui l'entraînaient dans un monde extra-humain, faisant à son tour ce vœu de tous les fous et de tous les rêveurs, il se disait : — Ah ! si j'avais des ailes !

Ce calme et cette sérénité montaient vers lui comme une promesse de vie et de bonheur. Avec la nuit, les fantômes s'étaient évanouis ; il pensait à sa jeunesse, à sa force, au flot de vie qui lui montait au cœur ; il pensait à Pauline, aux félicités qu'il entrevoyait, et il sentit de nouveau s'épanouir en lui toutes les belles fleurs de l'espérance.

— Allons, se dit-il, j'ai été fou ; mais on le serait à moins. Vivent le soleil, la nature et l'amour !

Il allait rejoindre Ladislas et le réveiller, lorsqu'une longue lueur éclata tout à coup et une formidable canonnade déchira l'air. Chacun se leva en sursaut; on sonnait le boute-selle, les tambours battaient, les cris de commandement retentissaient partout à la fois. Au milieu du tumulte, la bande des bohémiens apparut en désordre, chassant en grande hâte ses maigres chevaux et ses chèvres. Mezaamet courut à George : — Ce sont les Impériaux et les Russes, dit-elle ; venez avec nous, nous vous cacherons.

George, effroyablement pâle, regarda autour de lui ;
il aperçut Ladislas, qui, tout en ceignant son sabre,
lui faisait un signe comme pour lui dire : « Me
voilà ! »

— Va-t'en, démon ! cria George à Mezaamet en la
repoussant.

La petite bohémienne revint vers lui, prit sa main
avec une soumission d'esclave, y posa ses lèvres et
se mit à courir pour rejoindre les *zingari* qui s'éloi-
gnaient rapidement.

La canonnade continuait ; des officiers passaient
au galop en donnant des ordres ; George et Ladislas
étaient à cheval, côte à côte.

— Est-ce donc une bataille ? demanda George.

— J'espère que non, répondit Ladislas à voix
basse, car nous serions perdus ; ce n'est peut-être
qu'une escarmouche qui s'annonce avec trop de fracas.

Hélas ! ce n'était pas une escarmouche : les Autrichiens et les Russes, Haynau et Paniutine, attaquaient l'armée hongroise.

— Il faut savoir à quoi s'en tenir, dit Ladislas à George ; restez ici près du bois avec nos cavaliers et attendez-moi. — Il prit sa course, et à travers les batteries qui se mettaient en position, il atteignit promptement le village de Kis-Becskereck, où le général en chef avait passé la nuit. Il revint bientôt avec des ordres qui lui traçaient sa conduite pour la journée.

— Eh bien? lui dit George avec inquiétude dès qu'il l'aperçut.

— Le vieux D... ne démord pas de son projet, lui répondit Ladislas, et il a raison. Il est résolu à ne point accepter la bataille et à ne combattre que pour assurer sa retraite. L'armée en deux colonnes se dirige sur Temeswar; dès que nous aurons passé les marécages du Nyarad et que nous aurons gagné les bois que protége le canal de Béga, je défie bien toutes les aigles à deux têtes du monde de nous atteindre; mais jusque-là, il faut arrêter l'ennemi. C'est l'affaire de l'artillerie et non la nôtre; or nous avons cent soixante-quatre pièces de canon, et nos boulets vont faire leur trouée dans les habits blancs et les capotes vertes.

La petite troupe, composée d'une centaine d'hommes, se mit en marche gravement, au pas. Près d'elle passa un régiment de cavalerie; sa musique faisait éclater des fanfares comme à la parade et jouait la marche de Rakoczy. De loin, on se salua du sabre et on échangea des *eljen* et des *hurrah*. George avait ce frisson involontaire qui remue les plus impassibles; le cœur lui battait haut et semblait retentir comme un écho des lointaines artilleries. Ladislas, à ses côtés, s'en allait indifférent en apparence, et sifflait un vieil air galicien, tout en maintenant son cheval qui s'animait au bruit.

George regardait couler au loin ce ruisseau du Nyarad qui lui semblait à cette heure plus difficile à atteindre qu'un des quatre fleuves sacrés du paradis terrestre; il pensait que dès que la petite troupe dont il faisait partie en aurait franchi les bords, il y aurait entre elle et l'ennemi une barrière à peu près insurmontable. Il levait parfois les yeux vers les montagnes qui bordaient la plaine, et successivement il voyait apparaître de petites lignes noires et mouvantes du sein desquelles s'échappait bientôt un nuage de fumée blanche éclairée au centre d'une lueur rapide : c'étaient de nouvelles batteries ennemies qui, prenant position, cherchaient à faire taire l'artillerie magyare et à couper l'armée en retraite. Dans la direction de Temeswar, on pouvait apercevoir les différents corps hongrois qui continuaient leur marche autour du drapeau de l'indépendance.

Il était onze heures du matin environ. George et Ladislas avaient heureusement traversé le Nyarad; quelques chevaux embourbés dans le marais s'étaient brisé les membres; leurs cavaliers démontés suivaient à pied la petite colonne. C'était le seul accident qu'on eût éprouvé ; nulle mort n'avait encore frappé dans leurs rangs. Tout allait bien.

— Enfin nous sommes sauvés! se disait George, qui pensait à Pauline.

Tout à coup on vit l'armée hongroise s'arrêter; chaque corps fit halte à son tour; un silence solennel régna dans cette multitude pendant quelques secondes, puis un immense cri résonna et couvrit de sa rumeur le bruit du canon. Des officiers, des ordonnances galopaient à travers les rangs, agitant leurs sabres et disant des paroles auxquelles on répondait par des clameurs de joie. — Il y a du nouveau, dit Ladislas, et franchement l'instant est mal choisi pour faire de l'imprévu.

A ce moment, un aide de camp s'approcha de Ladislas et lui expliqua en deux mots ce qui se passait. Bem venait d'arriver porteur d'un ordre qui lui donnait le commandement en chef, retiré au général D...

D'un coup d'œil, Bem. que les soldats adoraient, car ils le croyaient invulnérable et invincible, avait jugé la position autrement que son prédécesseur; il avait arrêté la retraite, ordonné à l'armée de faire face en arrière, et au lieu de se retirer devant la bataille, il se disposait à la présenter lui-même à l'ennemi.

Ladislas regarda l'horizon, dont les collines se couvraient de plus en plus; on voyait les longues files blanches des Impériaux s'avancer précipitamment, des corps de cavalerie les appuyaient sur les ailes, et l'artillerie les précédait; il considéra pendant quelques instants le terrain fangeux et presque impraticable qui allait devenir le champ du combat; il inclina la tête comme un homme résigné, mais non pas convaincu, et, prenant la main de George sans mot dire, il la lui serra dans une de ces étreintes suprêmes où le cœur bat tout entier. George, à cette nouvelle qu'une bataille sérieuse et peut-être définitive allait s'engager, laissa échapper un de ces jurons énergiques qui, à défaut d'élégance et de bonne façon, ont du moins le mérite d'indiquer nettement l'état d'un esprit. Or le sien était troublé, et l'espérance qui l'avait un moment soutenu s'échappait de nouveau.

Le combat fut bientôt engagé partout. L'ordre vint à Ladislas de charger avec ses cavaliers pour dégager une batterie menacée de trop près par des grenadiers russes. Ce fut vite et brillamment fait. Au retour, on se compta rapidement de l'œil; quelques hommes manquaient. George se sentait raffermi. Dans la bagarre, il avait tenu un homme au bout de son sabre, qu'il avait détourné, et comme ceux qui font l'aumône lorsqu'ils sont menacés d'un malheur, dans l'idée confuse que leur charité leur vaudra l'indulgence du sort, il espérait que cette bonne action lui serait comptée par Dieu et le protégerait pendant la bataille.

Les heures passaient, la lutte ne s'interrompait pas; comme une inondation humaine, le flot des ennemis montait toujours. Le faible escadron déjà diminué que commandait Ladislas écoutait cet immense fracas composé du cri des soldats, du retentissement de l'artillerie, du piétinement des chevaux, qui est le bruit des batailles ; mais du sort de l'armée il ne savait rien. Un grand tumulte, des blessés qu'on emportait, des troupes qui avançaient ou reculaient en criant, des nuées de fumée que le vent chassait et ramenait, c'était tout. L'ordre avait été donné de se tenir immobile pour masquer un mouvement d'infanterie. On attendait de nouvelles instructions, mais en vain ; cette poignée d'hommes semblait oubliée au milieu de la boucherie. L'impatience gagnait les plus habitués à l'obéissance passive. Quelques-uns crièrent : En avant !

— Silence dans les rangs ! dit Ladislas d'une voix ferme et douce. Le calme se rétablit. On envoya quelques hommes en reconnaissance ; ils partirent dans plusieurs directions, et revinrent rapportant chacun des renseignements différents.

Sur le terrain où les cavaliers de Ladislas étaient groupés, la terre jaillissait parfois avec un sifflement : c'étaient les boulets qui ricochaient ; quelques hommes furent atteints, l'un fut coupé en deux ; son cheval blessé se débattait affreusement au milieu des autres chevaux effrayés.

— Serrez les rangs, disait Ladislas impassible, et assez maître de lui pour ne pas laisser voir les émotions poignantes qui lui serraient le cœur.

En face d'eux, loin encore, mais parfaitement distincts, deux bataillons à uniformes blancs venaient de se déployer comme pour leur barrer le passage, et en même temps un cavalier, accourant à toute bride, criait en passant à Ladislas qu'à trois cents pas en arrière un régiment de lanciers impériaux semblait se diriger vers lui pour le charger. Le moment était grave et toute voie fermée : pour rejoindre l'armée hongroise, il fallait passer sur le corps des grenadiers rangés en bataille ; Ladislas le pourrait-il avec les soixante-dix hommes qui lui restaient? Tous ces hommes, habitués à la guerre, avaient d'un coup d'œil reconnu le danger. Ils se préparaient gravement à mourir. Du milieu de leurs rangs s'élevèrent quelques voix mâles qui entonnèrent lentement la vieille chanson nationale :

« Souvenons-nous, souvenons-nous des aïeux ! ô Magyars, braves et superbes quand vous quittiez la terre des Scythes, ô nobles patriarches d'autrefois, vous ne pensiez pas avoir des fils esclaves ! Souvenons-nous ! »

Les officiers consultés secouaient la tête et, se sentant perdus, répétaient le dicton populaire en Hongrie : « Il n'y a plus de justice sur terre, le roi Mathias est mort ! »

— Mais qu'avez-vous donc? s'écria Ladislas en se tournant vers George, qui était d'une pâleur livide.

— J'ai froid au cœur, répondit-il.

— Froid au cœur! reprit Ladislas avec violence;

8

ce n'est pas le moment, nous allons culbuter ces sou-
quenilles blanches en criant : Vive la patrie !

— Et nous serons écrasés avant de les atteindre,
répliqua George ; croyez-moi, ne tentez pas l'impossible, nous ferions mieux de nous rendre et de dé-
poser les armes.

— Nous rendre pour être pendus ! Vous perdez la
tête, George ; il vaut mieux mourir le sabre en main
que la corde au cou. Allons, mon enfant, j'en ai vu
bien d'autres, et cet hiver nous causerons de tout ceci
au coin du feu.

George ne répondit pas, il laissa retomber son front ;
puis, baisant avec rage le bracelet d'or qui sonnait à
son poignet, il leva les yeux et le bras vers l'ouest,
dans la direction idéale de ce Paris où vivait tout ce
qu'il aimait, et d'une voix qui eût arraché des larmes
à ceux qui l'eussent entendue, il s'écria : — O Pauline !

Derrière, on apercevait les lanciers qui arri-

vaient; devant, les Autrichiens continuaient à marcher.

— Ventre à terre! pas de quartier! s'écria Ladislas; en avant! et vive la Hongrie!

— Vive la Hongrie! répondirent les cavaliers.
qui partirent au galop, tête basse et le sabre au
poing.

Ils étaient arrivés à cent pas environ des fantassins
quand une décharge les atteignit; Ladislas entendit
des cris éclater parmi ses hommes, et à travers ces
cris il y en eut un à la fois strident et étranglé qui
lui retourna le cœur. On continua. Tout à coup,
frappé d'une balle au poitrail, le cheval de Ladislas
s'abattit. Ladislas essaya en vain de se relever; ses
cavaliers passèrent par-dessus lui; derrière eux venait tout le régiment des lanciers autrichiens. Il
se pelotonna, il entendit les escadrons passer au-
dessus de sa tête avec un bruit de tonnerre;
la queue des chevaux le frappait au visage, leurs

pieds soulevés par la course lui apparaissaient comme
des étincelles de fer et le frôlaient impétueusement.
Il reçut enfin une commotion effroyable au front, et
il s'évanouit. Quand il reprit connaissance, tout était
calme ; autour de lui du moins la bataille était termi-
née. La journée finissait, l'orbe du soleil s'abaissait
rouge à l'horizon comme un bouclier sanglant ; à
peine entendait-on encore quelques coups de fusil
qui retentissaient dans l'éloignement. Sur la cime des
arbres, les corbeaux semblaient se réjouir de cette
abondante pâture préparée dans la plaine. Les collines, où, le matin, les canons avaient jeté leur bruit
terrible, étaient silencieuses maintenant, nul soldat
n'en troublait plus les crêtes tranquilles ; les grands
maïs foulés aux pieds s'agitaient çà et là encore à
l'agonie de quelque cheval blessé ; parfois on entendait un râle de mourant qui s'élevait et s'éteignait
aussitôt.

A grand'peine, et dans la confusion d'une souffrance qui enveloppait tous ses membres, Ladislas se dégagea de dessous son cheval mort. Il porta la main à son visage, il y sentit du sang desséché qui avait coulé sur ses yeux, et à son front une blessure large et irrégulière. Il essaya de rassembler ses souvenirs, mais toute sa pensée était obscurcie d'un nuage épais d'où ne jaillissait aucune lueur pour sa mémoire; il n'avait d'autre sensation que celle d'une insupportable douleur de tête et d'une courbature générale. Comme s'il eût été brusquement réveillé d'un songe, il se disait : Où suis-je? Il se redressa : son sabre rougi pendait encore à son poignet. Il fit quelques pas en avant; trop faible pour marcher, il s'assit sur un caisson renversé et regarda lentement autour de lui. A la vue des cadavres de ses soldats qui couvraient la terre, les souvenirs affluèrent tout à coup en lui. Il fixa ses yeux sur tous les points de l'horizon : nul être humain n'y remuait; il éprouva alors l'espèce d'effroi que cause la solitude et se sentit dés-

8.

espéré. Il entendit marcher, se retourna, et aperçut un homme qui se hâtait à travers un petit taillis dont chaque arbre portait une blessure. Il l'appela. l'homme vint ; c'était un *honved*.

— Où vas-tu ? lui dit Ladislas.

— A Arad, répondit l'homme en pleurant, porter la nouvelle.

— Où est l'armée ?

— Il n'y a plus d'armée ; tout est en fuite.

— La bataille est-elle donc perdue ?

— Perdue ! et perdue aussi la terre des Magyars !

— Où doit-on se rallier ?

— A Lugos ; mais si la cavalerie autrichienne nous poursuit, il n'y aura pas demain un Hongrois vivant de toute notre pauvre armée. Que Dieu vous garde, mon officier ! Je pars.

L'homme s'éloigna à grands pas, et Ladislas, laissant échapper un de ces sanglots qui déchirent la poitrine des plus vaillants, leva les bras au ciel en s'écriant : — O justice de Dieu ! que tu es lente à venir !

Une soif ardente brûlait ses lèvres, des frissons de fièvre passaient en lui. Tout meurtri par sa chute, il ne se remuait qu'avec peine et sentait au moindre mouvement le cœur lui défaillir. Il se traîna comme il put, s'appuyant sur son sabre et chancelant à chaque pas, jusqu'au Nyarad, qui coulait à quelque distance ; il s'assit sur la berge, il but à longs traits l'eau vaseuse où les chevaux avaient piétiné, où s'était mêlé bien du sang ; il se baigna le visage, et resta engourdi dans une vague torpeur, écoutant le bourdonnement du sang dans ses oreilles, en proie à une sorte de délire et vaincu par un féroce besoin de dormir que combattaient les lancinements aigus de sa blessure.

Pendant qu'il était là, à la fois brûlant et glacé, il aperçut une silhouette humaine qui se détachait en noir sur les dernières lueurs du soleil couchant. Elle courait dans la plaine, s'arrêtait parfois, se baissait, se redressait et reprenait sa course irrégulière. Dans la confusion douloureuse où flottait son esprit, Ladislas se prit à regarder ce singulier fantôme avec la stupeur des malades que trouble la fièvre. La petite apparition allait et venait, faisant mille détours, elle semblait en quête de quelque chose; les hommes du moyen âge l'eussent prise pour une âme en peine qui cherche son corps. Involontairement Ladislas pensa à cette fée des marécages dont un de ses cavaliers avait parlé, lorsqu'une nuit il s'était égaré en faisant une reconnaissance. Il serra son sabre de la main en continuant à regarder le fantôme qui approchait toujours : tout à coup il reconnut Mezaamet. En apercevant Ladislas, la bohémienne jeta un grand cri et courut vers lui. — Où est George ?

Ladislas se leva d'un seul mouvement. — Grand Dieu ! dit-il, je n'y pensais pas ; où est-il ? N'est-il pas avec nos cavaliers ?

— Non, répondit-elle ; j'ai vu passer vos hommes

sur la route de Lugos ; ils fuyaient sans se retourner, il n'en restait pas vingt, et George n'était pas avec eux. Depuis une heure, je cours dans la plaine, je regarde tous les morts au visage, il n'est point parmi eux, je ne l'ai pas encore retrouvé : où est-il?

Ladislas semblait anéanti ; il avait mis sa tête dans ses mains, et répétait : — Mon Dieu ! mon Dieu !

— Cherchons-le, dit Mezaamet, peut-être n'est-il que blessé ; nos gens connaissent la vertu des plantes, et nous le sauverons.

Ladislas s'appuya sur l'épaule de la petite fille, et ils partirent tous deux pour leur triste recherche. Ils se penchaient sur chaque cadavre.—Ce n'est pas lui ! disaient-ils, et ils continuaient leur chemin par-dessus les morts. Tout à coup Ladislas s'arrêta, un souvenir venait de surgir en lui : il se rappela le cri qu'il avait entendu parmi les autres, et il lui sembla que ce cri, c'était George qui l'avait poussé. Il s'orienta et marcha droit vers un point où les cadavres de ses cavaliers étaient amoncelés en plus grand nombre. Mezaamet, qui l'avait compris, courut en avant. Ladislas entendit le gémissement qu'elle poussa ; il la vit s'accroupir, attirer avec effort un cadavre sur ses genoux et rester la tête basse, comme abîmée dans une insondable douleur. Il arriva près d'elle, la gorge serrée : ce cadavre était bien celui de George. Une balle, traversant la trachée-artère, lui avait brisé la colonne vertébrale ; la mort l'avait foudroyé. Ladislas s'affaissa, et, appuyant son front sur cette poitrine où rien ne battait plus, il pleura longtemps. Il releva la tête à une imprécation terrible de Mezaamet. Elle soutenait le bras droit de George, que terminait un moignon sanglant ; la main manquait.

— Oh ! les loups ! dit-elle ; ils lui ont abattu le poignet pour lui voler son bracelet d'or !

— Hélas ! s'écria Ladislas, je lui avais juré, à ce pauvre enfant, de reporter ce bracelet à celle qui le lui avait donné !

La nuit venait, quelques lueurs indécises éclairaient encore l'horizon. Ladislas fouilla le cadavre de son ami pour en retirer ces objets usuels dont sa mort violente avait fait de pieuses reliques ; il prit la montre, le mouchoir, la cravate sanglante et trouée qui entourait son cou. De la poche de l'uniforme souillé de poussière, il retira un paquet de lettres. Tous deux ensuite, le compagnon d'armes et la petite bohémienne, remuant la terre avec des sabres brisés, ils creusèrent une tombe. Quand la fosse fut assez grande, Ladislas réunit les deux bras sur la poitrine et déposa dans sa dernière couche celui qui avait été un homme. Mezaamet se pencha vers George et le baisa au front, puis, avec des cris et des trépignements de colère, elle rejeta de ses deux mains la terre humide sur le corps étendu. Quand ce ne fut plus qu'un petit monticule à peine perceptible :—Ah! dit-elle, au moins les corbeaux ne le mangeront pas ! Partons !

— Où aller ? demanda Ladislas.

— Venez au campement de nos hommes, reprit-
elle, on pansera votre blessure, et vous pourrez
dormir.

Ils partirent à travers la nuit. Mezaamet soutenait
Ladislas ; ils trébuchaient sur les cadavres et tombaient parfois. Elle marchait sans incertitude malgré
l'obscurité ; bientôt elle quitta le champ de bataille.
Ils allaient l'un près de l'autre, muets comme deux
statues. Parfois ils disaient la même parole : Pauvre
George !... Quelques feux apparaissaient au loin sous
la sombre verdure des arbres. — C'est le campement,
dit Mezaamet ; du courage, nous arrivons !

Elle serra tout à coup le bras de Ladislas, comme
saisie par une pensée subite.— Écoutez, lui dit-elle ;
s'il savait que vous ne pouvez remettre le bracelet à
celle qui le lui a donné, ainsi que vous l'avez promis,
croyez-vous qu'il en souffrirait, que son cœur en serait triste ?

— Oui, répondit Ladislas, ce serait pour lui un deuil profond.

— Quel était l'uniforme des cavaliers qui vous ont chargés ?

— Veste verte, passe-poil rouge, chapska blanc.

— Bien ; ce sont des Impériaux, c'est le régiment des lanciers de l'empereur. La couleuvre a des dents de vipère, ils le sentiront.

— Que veux-tu dire ?

— Rien, rien, taisez-vous, nous sommes arrivés.

Elle le guida à travers les tentes dépenaillées, les ânes attachés, les hommes endormis. On les regardait et on les laissait passer sans mot dire. Ils parvinrent ainsi jusqu'à une sorte de gourbi moitié feuillage et moitié toile où brûlait une lampe graisseuse qui donnait plus de fumée que de lumière ; une vieille femme ridée, en guenilles, grommelant comme un chien hargneux, agitait dans une marmite une nourriture.

sans nom. Elle accueillit Mezaamet avec une bordée d'injures.

— Ah ! chienne ! coureuse ! te voilà donc enfin ! Je te fouetterai pour te faire tenir en place ; je me suis égosillée à t'appeler. Que m'amènes-tu là ? Qu'est-ce que tu veux que je fasse de ce blessé ? Si les Impériaux le découvrent, ils le pendront à un arbre en guise d'épouvantail pour les oiseaux.

— Tais-toi, vieille chauve-souris, lui répondit Mezaamet ; j'ai le cœur noir, l'homme au bracelet est mort.

— Je le lui avais prédit, reprit la vieille, quand tu as renversé mon sable, méchante femelle de renard : il n'avait qu'à partir lorsque je le lui ai conseillé ; mais tous ces chrétiens sont comme cela, ils se moquent de nous et ne nous croient que lorsqu'il n'est plus temps !

Sans plus faire attention aux paroles de la vieille, Mezaamet conduisit Ladislas dans un coin de cette

hutte misérable; elle l'aida à s'étendre sur une pail-
lasse rembourrée d'herbes sèches; elle lui fit boire
quelques gouttes d'eau-de-vie de grain, lui frotta le
front avec un onguent, et plaça sur lui une cou-
verture où il y avait plus de trous que d'étoffe.

— Dormez sans crainte, lui dit-elle, ici vous êtes
en sûreté.

Épuisé par la fatigue et la perte de son sang, Ladislas tomba dans un engourdissement qui était de la
somnolence et non pas du sommeil; les images que
lui offrait son cerveau surexcité se mêlaient aux
choses de la vie réelle; il entendait encore les bruits
de la bataille, il se penchait sur son cheval en
levant le bras pour frapper; cependant il sentait
très-distinctement qu'il était couché dans une hutte
de bohémiens où s'agitaient Mezaamet et la vieille. A
travers cette espèce de somnambulisme qui l'endor-
mait tout en le tenant éveillé, il voyait Mezaamet
aller et venir, silencieusement et comme dominée

par une réflexion profonde. Elle laissait librement couler ses larmes, qu'elle essuyait brusquement du revers de sa main ; puis il la vit nouer ses cheveux sous son mouchoir jaune, attacher autour de ses reins une large ceinture qui retenait sa robe et s'approcher de la vieille, qui coupait des lanières de cuir à l'aide d'un long couteau pointu. Un dialogue rapide s'établit entre elles. Ladislas l'entendait.

— Eh ! la mère, disait Mezaamet, prête-moi ton couteau.

— Pourquoi faire ?

— Pour aller couper du bois.

— Il y a du bois ici, tu n'en a pas besoin; tu as envie de faire un mauvais coup.

— Non, la mère; prête-moi ton couteau, je te le rapporterai tout de suite.

— Non ! tu ne l'auras pas ; je m'en sers ; la selle de l'âne est cassée, il faut que je taille des courroies pour la raccommoder.

Mezaamet suppliait, la vieille était inflexible. Tout
à coup Mezaamet s'approcha d'elle, et d'un mouvement rapide, au risque de se blesser les doigts, elle
enleva le couteau, le passa dans sa ceinture, et ne fit
qu'un bond hors de la hutte. La vieille se leva en
poussant des cris, et courut après elle. Quelques instants après, elle revenait jurant, maugréant, tremblant de colère, mais sans avoir reconquis le couteau
que Mezaamet avait emporté. Le silence se fit, interrompu seulement par quelques imprécations de la
vieille; les images devinrent de plus en plus confuses
dans l'esprit de Ladislas, et il s'endormit.

Quand il se réveilla, la nuit durait toujours; la
lampe grésillante n'était pas éteinte; la vieille, ra-
massée sur elle-même, dormait dans un coin, semblable à un tas de chiffons. Ladislas s'assit, plein des
pensées terribles qui le remuaient; tous les événements de cette triste journée revinrent à sa mémoire,
il sentit s'ébranler la foi profonde qui jusqu'alors l'a-

vait soutenu dans les luttes de sa vie ; il se rappelait George, il se rappelait Pauline, et son cœur s'abîmait dans une désespérance sans fond.

Il prit les lettres qu'il avait trouvées sur George, et reconnaissant celle qu'il lui avait remise la veille, celle qui lui avait causé un si grand trouble, il l'ouvrit et la lut à l'obscure lumière que projetait la lampe. Dès qu'il l'eut parcourue, il laissa échapper un cri de désolation : — Ah ! le pauvre enfant ! dit-il ; je comprends maintenant ses regrets et ses hésitations pendant la bataille.

Cette lettre avait été écrite par madame d'Alfarey, et la voici :

« Mon fils, M. de Chavry est mort ; nous sommes tous dans les larmes, car il était bon et avait su se faire aimer ; cette mort a été un coup de foudre. Il s'est mis au lit un soir en revenant du club, et il ne s'est pas relevé ; on a supposé qu'il avait été saisi par le froid. Il ne s'est point fait illusion sur son état, il a

compris tout de suite qu'il était perdu. Sa femme a
été admirable : elle ne l'a pas quitté d'une minute;
elle passait les nuits à son chevet, et l'a soigné avec
un dévouement qui n'a surpris personne. Il a eu
sa connaissance jusqu'au dernier moment, et peu
d'heures avant de mourir, lorsque déjà il avait reçu
les secours de l'Église, il a longuement parlé à Pauline des choses qui la concernaient. — Je vous laisse
avec un bien lourd fardeau, lui a-t-il dit : c'est celui
de l'éducation de notre enfant. Je ne connais au
monde qu'un seul homme à qui je voudrais confier
mon pauvre petit Firmin; lui seul m'a paru avoir
ces hautes qualités de l'intelligence et du cœur qui
peuvent conduire à bien une tâche aussi pénible : cet
homme est George d'Alfarey; je mourrai plus tranquille si je puis croire qu'il lui sera donné de veiller
sur mon fils. Pauline n'a rien répondu; elle a baisé
en pleurant la main de son mari. En me racontant
cette scène, Pauline m'a dit que toi seul et elle pou-

viez savoir combien, dans cette circonstance, M. de
Chavry avait été admirable, elle a même dit sublime.
Pauline ne t'écrit pas, elle est naturellement dans les
six semaines de grande retraite. Je lui ai parlé de toi.
— Dites-lui, m'a-t-elle répondu, qu'il veille sur lui-
même, qu'il quitte promptement la Hongrie, et qu'il
continue son voyage dans des conditions moins
dangereuses. — Adieu, mon cher George, j'espère
que tu donneras à ta mère la joie de t'embrasser
bientôt. »

Après cette lecture, Ladislas tomba dans une de
ces mélancolies farouches près desquelles les affres
de la mort ont du moins la douceur du repos prochain. Rien ne put l'en distraire, pas même quelques
coups de fusil, qui, éclatant au loin, troublèrent
brusquement le silence de la nuit. Au petit jour, il
songeait encore, immobile comme ces sphinx d'É-
gypte dont rien n'a jamais pu faire baisser la pau-
pière de granit, lorsque Mezaamet se précipita en

courant dans la hutte. Ses vêtements étaient en désordre, et il y avait du sang sur sa robe.

— Tiens, cria-t-elle à la vieille qui s'éveillait, voilà
ton couteau.

— Ah! dit la bohémienne en agitant les bras, ah!
voleuse! qu'est-ce que tu as encore fait? Voilà mon
couteau : pourquoi la lame en est-elle toute rouge?
Où as-tu été?

— C'est bon! reprit Mezaamet; j'ai tué un chien
qui voulait me mordre.

— Ah! oui, un chien à deux pattes et à voix humaine! Tu viens d'assassiner quelqu'un, vipère! Tu
nous feras tous égorger!

— Eh! tu m'ennuies! Si ton couteau est rouge,
frotte-le en terre, ça le nettoiera.

Mezaamet s'approcha de Ladislas, et tirant de son
sein le bracelet d'or tout maculé de sang :

— Tenez, lui dit-elle, voici le bracelet; cachez-le,
nos hommes pourraient vous le voler, s'ils le voyaient.

9.

Au moins, ajouta-t-elle d'une voix toute tremblante, vous pourrez faire ce qu'il a désiré.

— Mais où donc et comment as-tu été le chercher? demanda Ladislas.

— Ça importe peu, répliqua-t-elle ; celui qui l'avait pris n'en prendra plus d'autres, je vous le jure ; je l'ai saigné au cou comme un sanglier. Tous ces imbéciles d'Allemands ont tiré sur moi ; mais, ajouta-t-elle en relevant sa manche et découvrant son bras qu'une balle avait atteint, ils sont si maladroits qu'ils m'ont à peine touchée.

— Tu as fait cela? lui dit Ladislas, avec l'admiration naïve que lui inspirait cette fille sauvage.

— Ah! pour lui, cria-t-elle en fondant en larmes, que n'aurais-je pas fait!

Les bohémiens levèrent le campement, et Ladislas les suivit. Pendant plusieurs jours, il vécut parmi eux, soigné par Mezaamet, qui semblait avoir reporté sur lui quelque chose de l'affection qu'elle

avait eue pour George. Quand la soumission de
Goergey eut mis fin aux espérances les plus obsti-
nées des Hongrois, Ladislas dut songer à passer en
Turquie et pourvoir à son salut; mais avant de partir, il voulut faire un effort pour emmener Mezaamet
avec lui.

— Viens, lui dit-il, quitte ta vie errante; je te
conduirai dans une grande ville, dans la patrie de
George; là tu seras soignée par des femmes qui t'ai-
meront; elles t'instruiront et te marieront avec quelque beau jeune homme que tu aimeras.

— Celui que j'ai aimé dort sous la prairie, répondit-elle; non, je ne vous suivrai pas; j'accompagne
nos hommes qui vont aller chasser l'ours dans les
monts Carpathes; je suis la fille des Rômes et ne suis
point faite pour vivre dans les villes; j'aime à dormir sous les grands arbres et à être réveillée la nuit
par les chouettes qui passent en criant. J'appartiens
à la race qui ne se marie jamais. Si mes flancs doi-

vent être fécondés un jour, mon enfant sera comme moi, il ignorera quel est son père.

La nuit était venue; deux bateliers, couchés au fond d'un canot, attendaient Ladislas, qui se préparait à passer le Danube. Il insista près de Mezaamet; elle fut inflexible. Il lui offrit une poignée d'or. — Non, dit-elle, je n'en ai pas besoin; j'ai au cou le talisman qu'il m'a donné, je porte au bras la cicatrice d'une blessure que j'ai reçue pour lui, son image est vivante à jamais dans mon cœur. Je ne veux plus rien que conserver son souvenir; je vous ai soigné parce qu'il vous aimait, vous ne me devez rien. Voici votre route sur le fleuve, la mienne est là-bas, du côté de la montagne. Adieu! — Elle s'éloigna et disparut.

Le lendemain, aux premières lueurs du matin, Ladislas était déposé sur l'autre bord du Danube. Il s'agenouilla et but longuement. Comme il se relevait, plein de cette reconnaissance intime et sans objet dé-

fini qui pénètre le cœur de ceux qui viennent d'é-
chapper à de grands périls, il aperçut au loin, sur la
rive hongroise, un régiment autrichien dont les uniformes brillaient au soleil levant.

— Au revoir ! leur cria-t-il en leur montrant le
poing à travers l'espace ; mon droit est immortel, et
je puis attendre encore !...

—Le prophète a dit : « Ton succès est dans ta main, »
répondit un Turc qui faisait ses ablutions près de
lui, et qui l'avait entendu.

Les jours et même les mois avaient passé depuis
que les événements que nous venons de raconter s'é-
taient accomplis, et madame de Chavry ignorait encore ce qu'était devenu George. Elle voyait assez fréquemment madame d'Alfarey : par une sorte d'accord
tacite conclu entre leurs cœurs inquiets et désolés,

les deux femmes évitaient de parler de l'absent; mais nul intérêt n'était assez fort pour les distraire de cette pensée tenace, et bien souvent toutes deux, s'interrogeant d'un regard plein d'angoisse, s'interrompaient tout à coup par la même question : Où est-il?

On connaissait à Paris le grand désastre qui avait mis fin à la guerre de l'indépendance en Hongrie; mais de George et de Ladislas, point de nouvelles: Étaient-ils en fuite? étaient-ils prisonniers? étaient-ils morts? Nul ne pouvait le dire. En vain on avait écrit aux légations d'Autriche et de Russie; en vain madame d'Alfarey et Pauline avaient mis tous leurs amis en mouvement pour chercher et découvrir la trace des deux compagnons. La nuit de leur destinée ne se dissipait point. « Ils ne sont pas parmi les prisonniers; on ne les a pas trouvés parmi les morts, » telle était l'invariable réponse que recevaient leurs impuissantes démarches. Madame d'Alfarey accusait Pauline, et Pauline se désespérait.

La vie s'écoulait pour elle cependant, vie longue, aiguë, pleine de terreurs et de soubresauts. Elle ne quittait plus sa maison, persuadée que Georges allait y apparaître tout à coup. A chaque bruit, elle tressaillait. — C'est lui, disait-elle avec un battement de cœur. — Ce n'était pas lui. Elle s'agitait dans son appartement, touchant à toutes choses, écrivant des lettres qu'elle laissait inachevées, lisant des yeux un livre dont son esprit ne savait pas même le sens, fébrile, anxieuse, mais toujours dévouée à son fils et bonne pour ce qui l'entourait. La nuit, elle écoutait le bruit des voitures qui passaient dans les rues ; elle se soulevait à ces roulements rapprochés, un espoir subit la remuait tout entière ; la voiture s'éloignait, le silence renaissait, et elle retombait anéantie sur l'oreiller mouillé de ses larmes. Les regrets que lui avait inspirés la mort de son mari, le soin d'elle-même, ce courage de vertu qui la soutenait jadis, tout avait disparu dans une immense inquiétude. Par un de ces efforts naturels aux âmes qui redoutent un malheur, elle en était arrivée à écarter l'idée d'un désastre irréparable. La pensée que George était mort avait à peine effleuré son cœur et s'était envolée pour ne jamais revenir. — Il est prisonnier sans doute, se disait-elle, ou peut-être chargé de quelque mission qui exige le secret le plus absolu ; un de ces jours nous le verrons paraître. — Ainsi parfois elle se raccrochait à ces espérances indécises ; mais elles lui échappaient une à une, et elle glissait de nouveau dans les ténèbres de ses désolations.

On était parvenu aux premiers jours du mois de novembre ; dans la journée elle avait vu madame d'Alfarey, dont l'irritation et le trouble augmentaient à mesure que le temps fuyait sans apporter de nouvelles. — Sans vous, il serait encore ici, — avait-elle dit durement à Pauline, qui n'essayait même plus de se défendre contre ces récriminations maternelles. Le soir était venu, et Pauline, vêtue des habits en laine noire des veuves, marchait dans son appartement sans pouvoir trouver de repos ; son salon lui semblait trop grand pour elle ; l'absence de George lui faisait une solitude si profonde qu'elle s'y perdait. Elle avait couché son fils ; à genoux sur son petit lit et les mains jointes, l'enfant avait récité sa prière de chaque soir, répétant les mots que sa mère lui disait. Depuis plusieurs mois déjà, cette innocente oraison se terminait ainsi : « Seigneur, protégez les pauvres voyageurs, et veillez sur ceux que nous aimons et qui sont loin de nous. » Puis, l'enfant endormi, elle avait feuilleté un livre, fait quelques points à une tapisserie sans pouvoir arracher son esprit à l'obsession qui le torturait. Elle se leva, ouvrit son piano, fermé depuis si longtemps, essaya un air qui lui revenait en mémoire comme la réminiscence de jours plus heureux ; puis, prenant un cahier de musique, elle le plaça devant elle : c'était la partition de la *Norma.* Elle joua au hasard ce qui tomba sous ses yeux : c'était cette magnifique phrase en *sol* majeur qui commence ou précède le finale. A cette harmonie désolée, une invincible tristesse monta en elle. Ses regards rencontrèrent les paroles du poëme, et elle lut : *Qual cor tradisti ! Qual cor perdesti !* Elle laissa retomber ses mains sur le clavier, qui rendit un son lugubre, et elle resta le front penché et les yeux fixes, comme enveloppée dans sa pensée de deuil. Un coup de sonnette retentit dans le silence. Elle se leva avec un cri : « C'est lui ! » Appuyée contre le dossier d'une chaise, comprimant de sa main crispée les battements de son cœur, immobilisée dans une stupeur plus forte qu'elle, et regardant avec une impatience pleine de frissons la porte trop lente à s'ouvrir, elle attendait.

Un homme parut, portant sur son visage altéré la trace de fatigues cruelles et d'amères douleurs; il se tenait sur le seuil et tremblait sans parler, regardant Pauline qui le contemplait avec épouvante.

— Ladislas! cria-t-elle enfin en courant vers lui, où est George?...

Plus écrasé que s'il eût entendu la voix d'en haut lui disant : « Caïn, qu'as-tu fait de ton frère ? » Ladislas, étranglé par l'émotion, ne put répondre. Il tira lentement le bracelet d'or, et, avec un sanglot, il le tendit à Pauline. — Ah ! s'écria-t-elle en tombant à genoux, il me l'avait bien dit, que Dieu nous punirait !

Depuis ce jour, madame de Chavry n'a point quitté le deuil, et son seul bijou est le bracelet d'or que George avait porté.

. La mort de George fut pour madame d'Alfarey un coup dont elle ne put jamais se relever. A la voir vieillie subitement et ravagée par une douleur enfin sérieuse, on eût dit qu'elle ne s'était réellement sentie mère qu'après avoir perdu son fils. Cette pauvre

femme, ne trouvant dans son âme, habituée aux petites pensées et aux mesquines ambitions de plaire,
aucune force morale capable de la soutenir dans cette
défaillance définitive, alla demander à la religion un
point d'appui qu'elle ne trouva point. Incapable de
comprendre les lois divines, elle n'en tira qu'une
terreur pire cent fois que l'indifférence. Ce cœur,
atrophié par la banalité des sentiments qui l'avaient
fait battre, ne sut point entendre le Dieu de pardon ;
le Dieu de colère seul put l'émouvoir et l'effrayer.
Elle s'est réduite aux pratiques méticuleuses d'une
pénitence exagérée. Elle se repent parce qu'elle à
peur ; car derrière les portes de la vie, elle aperçoit
les flammes de l'enfer.

Et Ladislas ? — Dans un des combats d'escarmouche que le corps de volontaires commandé par
Giuseppe Garibaldi livra aux Autrichiens après l'ar-
mistice de Villafranca, dont la nouvelle n'était pas
encore connue, Ladislas, un Hongrois nommé Sza-

bady et un Vénitien appelé San-Marco furent ramassés parmi les morts. Longtemps on désespéra d'eux, mais des soins intelligents les rappelèrent à la vie. On dit que Ladislas et ses compagnons sont aujourd'hui, ainsi qu'autrefois, pleins d'une espérance imprescriptible comme le droit qu'elle représente.

RICHARD PIEDNOËL

RICHARD PIEDNOËL

Lorsque je connus Richard Piednoël, il avait environ quarante-deux ans. Sa petite taille trapue, son front bas entouré de cheveux épais et courts, son nez droit, son menton osseux, ses pommettes saillantes, son œil rêveur et comme voilé sous la contraction de sourcils abondants, sa barbe entière, coupée aux ciseaux et aplatie sur le visage, n'en faisaient pas ce qu'on appelle ordinairement un joli garçon, mais lui donnaient une apparence énergique et résistante qui remettait en mémoire certains bustes antiques de

la bonne époque romaine; aussi ses camarades l'a-
vaient-ils surnommé le *proconsul*. Les jours de sa
première jeunesse ne furent point heureux, et souvent il lui arriva de se coucher sans avoir soupé.
Quand il parlait de ces moments d'épreuves, il en
riait volontiers et disait : « Bah ! c'était le bon temps;
ce n'est pas le dîner qui fait le bonheur ! »

Son père, simple commis en librairie dans le quartier de l'École de Médecine, était veuf et gagnait dix-
huit cents francs par an : il en mangeait la moitié,
buvait le reste, et s'il attrapait quelque gratification,
il la perdait aux dominos en médisant de son patron
avec les habitués d'un petit café borgne qu'il fréquen-
tait régulièrement tous les soirs. Richard, qui était
son fils unique, s'éleva comme il put, en jouant au
bouchon dans l'avenue de l'Observatoire, en apprenant
à lire chez *les frères*, en ouvrant au hasard quelques
volumes dépareillés que son père avait pris parmi les
rebuts du magasin où il travaillait. L'enfant avait été

doué d'une âme honnête; aussi, malgré le décousu
de sa vie, malgré l'insouciance paternelle, il marcha
droit, sans trébucher à travers sa liberté sans limite
et les tentations, mauvaises conseillères, qui ob-
struaient sa route. Il fit sa première communion :
pour cette circonstance, son père l'habilla de neuf de
pied en cap et lui dit : « C'est le dernier sacrifice que
je puis faire pour toi; te voilà grand garçon, trouve
ta vie! » Richard ne perdit pas courage, il entra pour
faire les commissions dans une librairie scientifique.
Les quelques sous qu'il gagnait suffisaient à son existence; il couchait dans une soupente au-dessus du
magasin, et pour se désennuyer, en ses rares moments de repos, il taillait des bonshommes dans les
bûches destinées au poêle qui chauffait la boutique.
L'école communale de dessin était voisine de la maison
qu'il habitait; aux heures où les élèves sortaient, il
les regardait avec envie, il jalousait leur sort, et il
lui semblait que rien n'était plus beau que d'avoir un

carton sous le bras et de faire des dessins d'après la
bosse. Il acheta du fusain, du papier, et s'essaya; il
ne réussit pas trop mal. Son patron lui accorda chaque jour deux heures de liberté, que Richard passait à l'école de dessin, étudiant et s'appliquant de
son mieux. Le dimanche, il s'en allait au Louvre, regardait la Vénus de Milo et tombait en extase. Tout
en faisant ses courses, en portant les livres, en allant
recevoir le montant des factures, en époussetant les
casiers, en allumant les quinquets et en balayant le
magasin, il se disait : « Comment faire pour être
sculpteur ? »

Quand son père mourut, Richard, qui venait d'a-
voir seize ans, découvrit dans un tiroir cinq cents
francs au fond d'un vieux bas, réserve pour les mauvais jours qu'il ne s'attendait guère à trouver. La
vente du mobilier paternel produisit à peu près autant. Nul tuteur, nul curateur ne fut nommé : qui
pouvait s'inquiéter de cet enfant? Richard prit son

petit magot et le remit à son patron en le priant de
le lui garder. Mille francs, quelle fortune ! Il était
riche, car il croyait l'être. Un matin, au lieu de se
rendre, comme de coutume, à sa classe de dessin, il
s'en alla rue de l'Abbaye, pénétra dans l'ancien pa-
lais abbatial, demanda M. Pradier, et entra dans cet
atelier bien connu des amis du maître élégant qui a
consacré sa vie à écrire en marbre le poëme de la
femme. Au bruit que fit Richard, Pradier ne se dé-
rangea même pas ; il travaillait. Devant lui, sur la
table à modèle, une femme nue se tenait debout.
Tournant sa casquette entre ses doigts, immobile, Richard, dont le cœur battait haut, s'avança lentement
vers Pradier, qui, chantonnant à demi-voix, mode-
lait la terre avec cette précise et inconcevable rapidité que nul peut-être n'a jamais possédée à un degré
aussi surprenant. Au bout de quelques minutes, la
femme qui posait s'écria : — Mais, monsieur Pradier,
voyez donc ce petit, comme il vous regarde ! — L'ar-

10.

tiste se retourna vivement, et d'une voix que la surprise rendait brève il dit à Richard : — Qu'est-ce que
tu veux, toi ?

L'enfant ne se déconcerta pas et répondit : — Je
veux être sculpteur.

— Tu n'es pas dégoûté, reprit le maître. Quel métier fais-tu ?

— Je suis garçon de magasin dans une librairie.

La femme éclata de rire. — Tais-toi, lui cria le sculpteur : il a beau être garçon de magasin, ça ne l'empêchera pas d'avoir du talent, s'il doit en avoir. J'ai
tourné des cuvettes de montre, moi ! — Puis, condui-
sant Richard devant un médaillon de Vitellius : —
— Ah! tu veux être sculpteur, mon garçon, lui dit-il,
eh bien ! copie-moi cela.

Richard prit de la terre, l'étala dans une assiette,
et se mit à l'œuvre avec la ferveur qu'on peut imaginer.

Vers quatre heures du soir, Pradier, qui, sans ces-

ser une minute de travailler, avait reçu vingt visites,
expliqué cinquante sujets de monuments qu'il rêvait, exprimé ses regrets de n'avoir pas assez de
temps pour faire de la peinture et composer un opéra,
ri avec tout le monde, raconté des gaudrioles, grondé
ses élèves, stimulé ses praticiens, Pradier, descendu
de son marchepied, se lava les mains dans le seau
placé près de sa maquette, et vint regarder l'ouvrage
de Richard. Ce dernier tremblait; jamais âme coupable comparaissant devant Minos n'eut pareille terreur. Alors entre le maître et l'élève s'établit le dialogue suivant, peu intelligible sans doute pour les
personnes qui n'ont point fréquenté les ateliers : —
C'est la première fois que tu manies l'ébauchoir ? —
Oui, monsieur. — Sais-tu prendre de l'eau à une
pompe ? — Oui, monsieur. — Sais-tu balayer un atelier ? — Oui, monsieur. — Aimes-tu la Polymnie qui
est au Louvre ? — Oui, monsieur. — Aimes-tu mieux
être garçon d'atelier que garçon de magasin ? — Oui,

monsieur. — Eh bien ! tu viendras travailler ici tant que tu voudras.

Richard, en balbutiant, demanda combien cela lui coûterait. — Si jamais tu me fais des questions saugrenues, reprit Pradier, tu auras des calottes. Ce que tu viens chercher ici, cela ne se vend pas, cela ne se donne pas non plus, cela s'attrape; c'est ton affaire. Regarde, réfléchis, compare, étudie sans te lasser, et si un beau jour tu obtiens le grand prix de Rome, tu pendras ta couronne dans mon atelier, et nous serons quittes !

Richard eut une de ces joies profondes qui n'éclatent pas au dehors, et qui s'accumulent dans le cœur en oppression presque douloureuse. Il parla à son patron de ses projets nouveaux, et le prévint qu'il le quittait. Le libraire lui fit un long discours pour le détourner de sa résolution. « Tous les artistes sont des vauriens : c'est un métier qui mène droit à l'hôpital, à moins qu'on n'ait du talent, mais on n'en a ja-

mais... » Cela ne convainquit pas Richard, qui fut iné-
branlable.

Dès le lendemain, il était à l'atelier et ne le quitta
plus; le soir, moyennant deux francs par mois, il allait
dessiner à la classe d'académies de Suisse, et sans relâche il travaillait. Quand Pradier lui disait : « Ça va
bien! » il avait du bonheur pour huit jours. Malgré
l'inégalité de son caractère, tantôt gai jusqu'à la folie
et tantôt absorbé jusqu'au spleen, il était aimé de ses
camarades, qui reconnaissaient en lui une bonté sérieuse à laquelle on ne faisait jamais appel en vain.
Il possédait un fonds de naïveté inépuisable, et sans
cesse on le rendait victime de ces *charges* usitées
dans les ateliers; il en était toujours dupe, s'indignait
de sa propre crédulité, en riait avec les autres, jurait
qu'il n'y retomberait plus, et s'y laissait reprendre le
lendemain.

Quelque extrême que fût sa parcimonie forcée, les
mille francs paternels s'en allèrent sou à sou; il eut

de mauvais jours, mais sans s'abandonner il lutta avec une singulière persistance. « Le diable est vieux, tout malin qu'il est, disait-il en riant; moi, je suis jeune, et j'aurai le dessus! » Le soir, en grand secret, dans sa mansarde, il faisait des modèles de chenets, de garde-cendre, d'encriers, de flambeaux, qu'il allait vendre de la main à la main aux fabricants de bronze du faubourg du Temple. La mode était alors au rococo; il inventa je ne sais quel sujet de pendule Pompadour qui lui fut payé six mille francs. Les fabricants ne le revirent plus. A son insu et à sa façon, il avait imité Keppler, qui composait des livres d'astrologie pour continuer ses études astronomiques.

Vers l'âge de vingt ans, il concourut, fut admis en loge, et, s'il n'eut pas le prix, il fit du moins concevoir l'espérance qu'il l'obtiendrait un jour. Il avait développé ardemment toutes ses facultés d'artiste; sa persévérance faisait souvent dire à son maître : « Je ne suis pas inquiet de lui, il arrivera. » Cependant il ne

devait pas arriver. Son âme, si ferme, si précise pour
ainsi dire, lorsqu'il s'agissait du devoir et de l'art,
devenait molle et flottante dès que le cœur était en
jeu. C'était un artiste, ce n'était pas un homme; il
ignorait la vie : soit par nonchalance, soit par un de
ces inexorables besoins d'aimer qui poussent les meilleurs esprits dans des voies mauvaises, il se laissait
souvent entraîner par des drôlesses qui le bernaient
à qui mieux mieux. Il s'était lié avec une juive de
l'île Saint-Louis, qui servait de modèle dans son atelier. Quand ses camarades, qui en savaient plus long
que lui à cet égard, le raillaient de son choix singulier, il tombait en tristesse et leur disait : « Pourquoi
voulez-vous m'empêcher d'être heureux? » Pradier lui
en parla et l'engagea vivement à rompre ce commerce,
qui ne pouvait que lui être préjudiciable. Richard se
troubla et balbutia les mots d'amour, de réhabilitation,
d'injustice des hommes. Le maître le regardait avec
surprise; d'un mot il mit fin à la conversation. —

Tu auras beau imaginer, lui dit-il : avec un pot cassé, tu ne feras jamais un pot neuf. — Richard mit un peu de retenue dans sa conduite, mais il ne put se décider à rompre. Il lui était insupportable que sa maîtresse continuât de poser, il le lui défendit ; mais il fallut alors subvenir à ses besoins : il fit quelques dettes et travailla de nouveau pour les marchands de bronze ; parfois il restait une semaine sans paraître à l'atelier. On raconta un jour à Pradier qu'on avait vu Richard debout sur un échafaudage et sculptant un dessus de porte sur un hôtel du faubourg Saint-Honoré.

A cette époque, le duc d'O... retournait en Espagne après avoir été longtemps ambassadeur à Paris, et il cherchait un sculpteur habile qui pût l'accompagner et rester hors de France pendant environ deux années. Le duc voulait faire restaurer une galerie de statues mutilées aux mauvais jours d'une révolution et construire un monument destiné à la sépulture de sa famille. Pradier consulté désigna Richard, qui ne se décida qu'après mille hésitations qu'il fallut vaincre l'une après l'autre. — Tu resteras deux ans absent, lui dit le maître, et puis tu nous reviendras fortifié par les travaux que tu vas faire tout seul, enrichi de quelques économies, débarrassé de ta sotte passion, et tu auras encore six ou sept ans devant toi pour obtenir le grand prix.

Richard partit, non sans un gros chagrin et prêt à céder la place à ses amis d'atelier, qui enviaient son aubaine. Sa bonne fortune devait se tourner contre lui. Ce ne fut pas deux années qu'il demeura en Espagne, ce fut dix-huit ans, pendant lesquels on n'entendit plus parler de lui. Un beau jour il revint, un peu comme le pigeon de La Fontaine,

Traînant l'aile et tirant le pied.

Que s'était-il passé durant cette longue période? On ne l'a jamais su positivement. On a dit qu'il s'était marié à une femme peu digne de lui, qui le trompait scandaleusement sans qu'il s'en aperçût, et qu'il avait enfin abandonnée lorsqu'il n'avait pu se refuser à l'évidence. Malgré l'argent qu'il avait gagné par son travail, il avait presque toujours côtoyé la misère, car sa femme, indolente et sensuelle, vivait dans une incurie voisine du désordre. A son retour à Paris, Richard, dont les anciens camarades avaient presque tous fait un assez brillant chemin, se trouva dépaysé, sans relations, obligé de recommencer dans sa virilité les pénibles démarches que la jeunesse accepte avec insouciance. Plus d'une fois le cœur lui faillit; mais il poursuivait toujours l'idéal qui avait éclairé les rêves de son adolescence. « J'ai perdu une vingtaine d'années, se disait-il ; à force de courage, j'arriverai à reprendre rang : il ne me faut qu'une bonne occasion. Pourquoi me manquerait-elle ? » Du reste il était passé maître en son art, et il n'avait guère plus rien à apprendre. Il obtint quelques commandes pour

les monuments publics, ce qui le mit à même de
vivre, tout en lui permettant de préparer des travaux
sérieux.

Il était revenu à Paris depuis trois ans environ
lorsque je fis sa connaissance. Il habitait deux petites
chambres contiguës à un immense atelier morne,
froid, ressemblant à un hangar. Deux selles chargées
de statues ébauchées en terre glaise, quelques mou-
lages d'après l'antique, deux divans revêtus de cou-
vertures de Valence, quelques études crayonnées
d'après Zurbaran et Ribeira meublaient seuls cette
vaste pièce, à laquelle les murailles peintes en rouge
donnaient un aspect sinistre. Richard était là tout le
jour en vareuse, les pieds enveloppés de chaussons
de lisière, travaillant sans repos ni relâche. Il me parut alors d'une humeur tranquille, doucement sauvage, fuyant le monde et uniquement préoccupé de
son art. Un Homère, un Shakspeare, un Théocrite
fanés et cornés à presque toutes les pages indiquaient

qu'il renouvelait sans cesse les mêmes lectures. Un
dé, des ciseaux, quelques pelotons de fil oubliés sur
les meubles prouvaient qu'il ne vivait pas seul et
qu'une femme égayait parfois la solitude silencieuse
de l'atelier.

Comme la plupart de ceux qui aiment le travail,
Richard défendait sa porte avec soin, et afin de recevoir ses amis sans perdre son temps, il restait chez
lui un soir par semaine. On se réunissait dans l'atelier, au milieu duquel l'abat-jour d'une lampe décri-
vait un cercle lumineux ; l'hospitalité était fort
simple : une tasse de thé en hiver, de la bière en été,
et du tabac à discrétion. Quelques jeunes gens se mêlaient aux artistes et aux littérateurs qui ordinairement se rencontraient chez Richard. On causait beaucoup, on ne jouait jamais. Une femme extrêmement
jeune recevait les invités. Selon les habitudes du
monde artiste, on l'appelait madame Piednoël : elle se
nommait Geneviève. C'était la douceur même, et Ri-

chard paraissait l'aimer beaucoup. Il avait auprès
d'elle des attentions charmantes que rien ne démentait. Entre eux, il y avait au moins vingt ans de distance ; mais Richard aimait tant que nous compre-
nions qu'il fût aimé.

Geneviève nous accueillait tous par un bon sourire,
roulait des cigarettes, et savait exactement comment
chacun aimait le thé. Lorsqu'on disait des folies, elle
riait volontiers, et se taisait lorsqu'on parlait de choses sérieuses. Elle était visiblement délicate et mièvre.
Sa taille avait de l'élégance, mais ses épaules étaient
étroites et ses bras maigres ; dans la langueur de ses
yeux fendus en amande, on pressentait quelque malaise intérieur ; ses cheveux châtains, lissés en ban-
deaux brillants, couvraient un front d'une blancheur
trop mate ; son menton ravalé indiquait une nature
sans grande énergie ; sa main, fort belle, était surtout remarquable par ces ongles longs, roses et bom-
bés dont la courbure spéciale, que connaissent bien

les physiologistes, est une preuve presque absolue d'une affection de poitrine. Nous avions pour elle cette politesse familière qui ne questionne jamais, mais qui semble toujours dire : « J'en sais plus long que je n'en veux laisser voir. » Elle paraissait ne s'inquiéter de rien et être fort heureuse. Qui était-elle? d'où venait-elle? On l'ignorait. Un jour on l'avait trouvée établie chez Richard, c'était tout ce qu'on savait.

C'était le jeudi que Richard recevait; nous aimions ces réunions, où régnait une liberté de bon aloi que je n'ai jamais vue dégénérer en licence; la présence de Geneviève imposait une certaine réserve à nos causeries, qui ne sortirent jamais du cadre des plaisanteries permises. Notre groupe était curieux à étudier, et j'ai vu là bien des hommes auxquels il n'a manqué qu'une circonstance ou moins de rigidité dans la ligne secrète qu'ils avaient imposée à leurs convictions pour jouer un grand rôle dans leur pays.

On était très-sévère sur les admissions; quelque soin que l'on y mît, on ne put toujours cependant éloigner les importuns qui demandaient à faire partie du cénacle. Parmi ces derniers, il y avait un jeune homme de vingt-cinq ans environ, qu'on nommait Maurice Castas, et qui se montrait fort assidu chez Richard. Ce n'était point un méchant garçon; mais, malgré quelque esprit et un jargon de convention, pour me servir d'une expression populaire, on le trouvait sot comme un panier, sot dans sa manière de parler, sot dans son gilet, sot dans sa chevelure, sot dans ses gestes, sot partout. Comment était-il tombé au milieu de nous? Je ne le sais guère. Son père, honorable et riche commerçant de Bordeaux, rêvait pour son fils ce qu'il nommait lui-même une carrière à cravate blanche. Maurice, venu à Paris pour faire son droit, mangea vite le petit héritage de sa mère, se promena sur le boulevard, soupa en mauvaise compagnie, accrocha un *de* à son nom, fit de grosses dettes, et mé-

contenta si bien son père que celui-ci se fâcha tout
rouge et supprima tout envoi d'argent. Un agent d'affaires de Bordeaux, connaissant la position future de
Maurice et hypothéquant la mort du père Castas à
gros intérêts, expédiait de temps en temps quelques
billets de mille francs au jeune drôle, qui disait en
riant : « Bah ! mon père est plus riche qu'il ne le dit ;
si j'ai trop de dettes, il me mariera, et je ferai souche
à mon tour ! » Nous n'aimions guère ce Maurice, et
Richard nous grondait doucement de notre mauvais
vouloir en disant : « Il ne sert à rien, c'est vrai ; mais
il est bon garçon, et puis il est gai, il a toujours
quelque facétie à raconter, et il fait rire Geneviève ! »

Geneviève en effet, je l'avais déjà remarqué, se
plaisait avec Maurice ; la pauvre fille voyait en lui un
type achevé d'élégance, il était à ses yeux ce qu'on
appelait jadis un homme du monde. Un jour, parlant
de lui, elle dit cette balourdise : « Il se met si bien ! »
Quelquefois il lui faisait, en plaisantant, des obser-

vations sur sa toilette : les manches sont trop larges,
le corsage n'est pas assez échancré ; elle se mettait à
l'œuvre, et le jeudi suivant elle lui montrait avec un
naïf orgueil qu'elle avait suivi ses conseils. Quand par
hasard Maurice ne venait pas, elle était silencieuse
pendant toute la soirée, et, sans qu'elle fût positivement triste, on sentait qu'elle s'agitait au dedans
d'elle-même, et qu'à son insu peut-être elle levait
plus rapidement les yeux vers la porte lorsqu'on
l'ouvrait. A l'époque de sa fête, nous lui avions tous
apporté des fleurs : huit jours après, un bouquet fané
s'inclinait encore dans un vase, sur la table : c'était
celui de Maurice.

Un de nos amis donna un bal costumé pendant le
carnaval ; nous y allâmes tous. Maurice était déguisé
en Edgard de Ravenswood : toque de velours, plu-
met, rapière, grandes bottes, un vrai costume à la
Ducis. Geneviève dansa trois ou quatre fois avec lui ;
elle riait, elle sautait, elle n'était que joie. Assis à mes

11.

côtés, Richard la regardait. « Que je suis heureux, me
dit-il, de la voir s'amuser ainsi! Pauvre fille, elle n'a
pas trop de plaisir chez moi ! » Quelques jours après,
j'étais chez Richard : il travaillait. Geneviève cousait
dans un coin; nous parlions du bal. « Quand j'aurai
fini ma statue, dit Richard à Geneviève, je te mène-
rai au spectacle : où veux-tu aller? » Elle répondit
tout de suite, comme obéissant à une impulsion intérieure : « Oh ! tu me mèneras voir *Lucie de Lammer-
moor* à l'Opéra ! » Involontairement je tournai les
yeux vers elle; Geneviève surprit mon regard, rou-
git légèrement, et, reprenant son ouvrage, elle ajouta :
« On dit que c'est si joli! »

Il était évident que Geneviève était attirée vers
Maurice : par une passion, par un caprice, par une
sympathie irréfléchie, ou simplement par ce goût
que les femmes, créatures d'incessante aspiration, ont
invinciblement pour les êtres qu'elles croient supérieurs? Je ne pouvais le démêler, et je me gardai

bien de faire part de mes observations à Richard, qui
vivait tranquille entre sa tendresse et son travail,
ayant oublié ses chagrins passés, et n'en prévoyant
sans doute aucun pour l'avenir. Quant à Maurice, il
avait certainement remarqué l'espèce d'attrait qu'il
exerçait sur Geneviève, et avec la certitude d'un
homme sûr de son fait il l'entourait de soins réser-
vés, qui, pour les indifférents, pouvaient n'être que
de la politesse, mais qui pour elle devaient être un
aveu tacite et sans cesse renouvelé. Dans les conversations générales, il savait dire des phrases que Geneviève s'appliquait, qui la troublaient comme si
elles avaient été mystérieusement murmurées à son
oreille. Un soir, on parlait de l'amour. — Quand on
fait tant que d'aimer une femme, s'écria Maurice, il
faut en être éperdu ! — Geneviève leva vers lui des
yeux chargés de reconnaissance et d'émotion. Je ne
sais pourquoi ce manége m'irrita, et, m'adressant
à Maurice, je lui dis : — Cette pensée n'est pas

de vous, mon cher monsieur, elle est de Diderot!

— Cela prouve que M. Maurice lit beaucoup, — repartit vertement Geneviève. Puis, se tournant vers Maurice, elle ajouta : — Prêtez-moi Diderot, vous me ferez plaisir.

Ce soir-là, le hasard m'avait fait partir en même temps que Maurice : nous fîmes route ensemble ; il se montra fort aimable, plus empressé même que je n'aurais voulu ; on eût dit qu'il cherchait un allié. Fut-il sincère, voulut-il m'éblouir un peu en affichant une force factice et du mépris pour les vertus admises qu'il appelait des préjugés ? Je l'ignore ; mais il parut s'abandonner sans contrainte. Il n'était point méchant, je le répète ; ce n'était qu'un sot très-capable de faire le mal par insouciance et par vanité, mais hors d'état, je le pense, de méditer une mauvaise action. C'était un de ces hommes, trop nombreux, qui se croient délivrés de tout devoir en ce monde, parce que leurs pères ont gagné une fortune que l'héritage doit leur assurer. En somme, il ne se plaignait que d'une chose : il n'avait pas assez d'argent pour vivre à sa guise ; il accusait amèrement son père de ne pas lui faire une pension suffisante. — Bah ! disait-il, tous les grands parents sont absurdes, et, parce qu'ils ont travaillé comme des nègres, ils ne veulent pas que nous nous amusions ! Je dois être riche, je le sais : pourquoi irais-je me fatiguer à courir après quelque poste de province dans la magistrature ou dans l'administration ? La belle gloire que d'être substitut ou sous-préfet ! C'est là le rêve de mon père ; mais si je faisais la sottise de lui obéir, je donnerais ma démission dès qu'il serait mort, ce qui serait peu gracieux pour sa mémoire, ajouta-t-il en ricanant. La vie est faite pour s'amuser, voilà ce que mon père ne veut pas comprendre ! — Là-dessus nous nous quittâmes. — Avez-vous vu le *Mariage de Figaro ?* lui demandai-je en prenant congé de lui.

— Oui, et pourquoi ?

— Eh bien ! rappelez-vous ce que dit Brid'oison :
« Il y a des choses qu'on ne doit dire qu'à soi-
même ! »

Quelques jours après, j'allai chez Richard dans la
journée. Il était sorti, mais je trouvai Geneviève, à
laquelle je fis une courte visite. Malgré son accueil
gracieux, il ne me fut pas difficile de reconnaître
qu'elle me battait froid ; involontairement elle me re-
prochait de ne point partager son admiration pour
Maurice, et comme elle sentait que je la blâmais,
elle réagissait naturellement contre moi. Il ne fut pas
question de lui, et son nom ne fut même pas prononcé ; mais à la gêne évidente que nous éprouvions
tous les deux, on eût dit qu'il était en tiers invisible
entre nous. Nous parlâmes de Richard, de son travail assidu, de ses sérieuses qualités. — Comment
ne l'aimerais-je pas ? me dit-elle. Il est si bon ! — Je
la quittai fort attristé ; quand une femme n'aime plus

son amant que parce qu'il est bon, elle est bien près
de ne plus l'aimer. Je m'affligeai en pensant à Richard ; je redoutai pour lui de nouvelles peines et le
découragement qu'elles devaient amener. J'en arrivai à ce point de désirer que l'aveuglement de sa tendresse lui fermât si bien les yeux qu'il pût traverser
cette crise sans la deviner.

Les choses me parurent demeurer assez longtemps
dans cet état, et je commençais à espérer, ou que
Geneviève sortirait victorieuse de la lutte qu'elle devait avoir engagée avec elle-même, ou que Maurice,
attiré vers d'autres plaisirs, abandonnerait cette sé-
duction lente dans laquelle il se complaisait, lorsqu'un jour d'hiver, traversant les quinconces des
Tuileries, vers cinq heures, par un temps de brouillard, je vis deux ombres qui marchaient dans la
brume à petits pas devant moi. Je reconnus Maurice ;
il donnait le bras à une femme enveloppée d'un
grand châle, et lui parlait bas, penché vers elle. Je

ralentis mon allure pour ne point les dépasser. Ils
s'arrêtèrent, se tenant par la main; la femme s'inclina vers Maurice, qui lui donna un baiser sur le
front et, prenant sa course, elle passa près de moi
sans me voir : je reconnus Geneviève. Maurice m'a-
perçut, me salua avec beaucoup d'aisance et s'éloigna.

Le jeudi qui suivit cette rencontre, Maurice ne
vint pas à notre réunion habituelle. Geneviève était
tellement absorbée que plusieurs fois Richard s'approcha d'elle pour lui demander si elle ne souffrait
pas.

— Non, je n'ai rien, — répondait-elle invariablement.

Elle étouffait ses soupirs avec peine et restait rêveuse, regardant la lumière de la lampe avec une
fixité machinale. Lorsque je partis, elle me serra la
main par un mouvement plus pressant, et qui paraissait contenir ce je ne sais quoi qui ressemble à un

adieu. Je la regardai avec surprise; elle baissa les yeux et eut un sourire forcé en me disant : — A jeudi prochain, n'est-ce pas ?

Je revins effectivement le jour indiqué, et je fus surpris de n'apercevoir du dehors aucune lumière à travers le vitrage de l'atelier. Je sonnai trois fois inutilement; le portier me dit que Richard avait été obligé de quitter Paris, mais que son absence ne serait que de courte durée. Moi-même, je partis le lendemain pour la campagne, où je restai quinze jours. Dès mon retour, j'allai voir Richard. Son atelier me parut plus morne encore que de coutume: tout était à sa place, nul changement n'y apparaissait, cependant il y avait quelque chose de sombre et d'abandonné qui me prit au cœur en entrant. Quant à Richard, il me reçut avec son affabilité ordinaire; il était assez pâle, et sa voix avait des saccades nerveuses que je ne lui connaissais pas.

— Que faites-vous là? lui demandai-je en regardant une maquette qu'il ébauchait, et que je n'avais pas encore vue dans son atelier.

— C'est une Ariane, répondit-il en se reculant et en inclinant la tête avec ce geste familier aux sculpteurs et aux peintres qui veulent voir leur œuvre sous un certain effet de lumière.

— Quel vieux sujet! lui dis-je en riant.

— Oui, reprit-il ; malheureusement il est toujours neuf.

Je me couchai à moitié sur un divan; Richard continuait à travailler, me tournant le dos, restant silencieux, sifflotant et laissant à chaque seconde tomber la conversation, que je ramassais de mon mieux.

— Comment va madame Piednoël? lui dis-je.

Je vis passer un imperceptible mouvement sur ses épaules; j'entendis un son guttural sortir de ses lèvres, puis, sans se retourner, il me répondit d'un ton trop dégagé pour être sincère : — Mais je pense qu'elle va bien ; voilà longtemps que je ne l'ai vue.

Tiens! au fait, c'est vrai, vous ne savez pas cela, vous! Nous ne sommes plus ensemble ; elle s'ennuyait, elle est partie.

Je fis un bond jusqu'à lui, je lui pris la main. — Est-ce possible ? m'écriai-je.

— Eh bien ! oui, c'est possible, reprit-il d'un ton sec ; n'était-elle pas libre ? Nous n'avions pas de contrat ensemble ; elle ne m'a pas trompé, je n'ai pas à me plaindre : que trouvez-vous donc là de si extraordinaire ? Elle ne m'aimait plus, elle me l'a dit, voilà tout, c'est bien simple. Il n'y a pas de quoi tant vous étonner. Cela se voit tous les jours. Tous les jours on voit un brave garçon recueillir chez lui une pauvre fille qu'il aime, suer sang et eau pour elle, la respecter, l'adorer, et tous les jours on voit la femme l'abandonner pour un imbécile qui a des moustaches frisées et des boutons d'or à ses manchettes.

En prononçant ces derniers mots, sa voix s'était détendue : l'émotion le gagnait et assouplissait, mal-

gré lui, la première raideur de son orgueil blessé.
J'avais repris ma place sur le canapé, et je ne parlais
plus. Richard travaillait d'une façon agitée ; il mode-
lait à tort et à travers, soufflant sourdement, comme
si sa poitrine eût été écrasée par une oppression trop
lourde. Longtemps nous gardâmes le silence ; tout à
coup Richard le rompit par un juron terrible, et, jetant son ébauchoir contre la muraille, il s'écria : —
Ah ! le gredin ! qu'il la rende heureuse, sinon je lui
casserai les reins !

Il vint s'asseoir près de moi, et, me frappant violemment sur l'épaule comme pour m'appeler en té-
moignage de son désespoir : « Vous seriez-vous jamais douté de cela ? me dit-il ; eh ! qui aurait pu le
prévoir ? Savez-vous de qui cette pauvre niaise s'est
amourachée ? Je vous le donne en cent ! De M. Maurice Castas !... Je vous avoue que, lorsqu'elle me l'a
dit, j'ai cru qu'elle plaisantait, et je me suis mis à
rire. Tout autre, je ne dis pas, mon Dieu ! je

l'aurais compris ; celui-là, c'est inexplicable ! Si je
lui en veux, ce n'est pas de m'avoir quitté, elle était
libre ; mais m'avoir quitté pour un si pauvre sire,
c'est ce que je ne puis lui pardonner, c'est ce que je
ne puis comprendre. Les femmes sont folles, mon
cher, et nous ne sommes que des sots. Du reste, il y
a bien de ma faute en tout ceci : elle s'ennuyait avec
moi, la pauvre fille ! Être toujours dans ce grand atelier avec un homme qui ne parle pas et qui manie la
terre glaise du matin au soir, ce n'est pas divertis-
sant, quand on a vingt-deux ans, qu'on aime à s'amuser et qu'on a des ritournelles de contredanses
qui vous sautent dans la tête. Cependant le soir
je m'occupais d'elle, je lui lisais Homère et Shakspeare ; le jeudi, si je recevais, c'était pour elle
et non pour moi : j'espérais lui faire plaisir, j'espérais la distraire... Vous voyez que je me suis
trompé. Ce n'est pas ma faute, toute ma vie je ne
serai qu'une bête ! Ce pauvre Pradier me l'a dit au-

trefois. Que voulez-vous, quand j'aime je suis comme
cela ! Je n'ai pas à me plaindre d'elle, elle a été
loyale... Ce n'est rien, je me remettrai ; mais le premier moment a été dur à passer, je m'y attendais si
peu !

« La dernière fois que nous nous sommes vus,
c'est un jeudi ; tout le monde était parti, je venais de
me retirer dans ma chambre, lorsque Geneviève y
entra. Elle avait son châle et son chapeau. Je la regardai avec surprise en lui disant : — Où donc vas-
tu à cette heure-ci ? Au lieu de me répondre, elle se
jeta dans mes bras en criant : « Ah ! Richard, pardonne-moi, pardonne-moi !... » J'étais tout tremblant,
ne comprenant rien à ce qu'elle me disait, mais je
devinais instinctivement qu'un malheur allait passer
sur moi. Je la fis asseoir ; lui tenant la main, la cal-
mant, mettant à ses pieds tout mon pauvre cœur affaibli, j'écoutai cet exécrable aveu. Elle me raconta
tout, la brave fille, sans mentir, sans même chercher

à s'excuser. « C'est plus fort que moi, » me disait-elle.
Elle m'avoua qu'elle aimait ce Maurice, qu'il l'avait
ensorcelée, que pendant longtemps elle avait lutté
contre cette passion envahissante, qu'un instant elle
avait espéré guérir, mais qu'à la fin, se sentant en-
traînée par une invincible attraction, elle s'était donnée à lui... que de ce moment sa vie était devenue
un enfer, et que, ne pouvant plus supporter cette situation atroce de tromper un homme qu'elle estimait
et d'être infidèle à un homme qu'elle adorait, elle
avait résolu de tout me dire et de rejoindre ce Maurice, sans qui elle ne pouvait plus vivre... Ce récit
était bien clair, un enfant l'eût compris... Je l'écoutai bouche béante : les paroles bourdonnaient dans
mes oreilles et ne parvenaient sans doute pas jusqu'à
mon cerveau, car lorsqu'elle eut fini de parler, je me
rappelle lui avoir dit : « Pourquoi veux-tu partir? »
Je n'eus pas un instant de colère, je n'eus qu'une
douleur sans nom qui glissait jusque dans la moelle

de mes os et me rendait plus faible qu'un enfant malade. La pauvre créature faisait pitié à voir ; elle san-
glotait, le front caché dans ses mains, et ne cessait
de répéter : «Ah! Richard, pardonne-moi ! » Elle se
leva pour partir, elle essuya ses yeux d'un mouvement convulsif, prit ma tête, m'embrassa et dit : « Allons, du courage ! adieu ! » Je fus lâche et je me rac-
crochai à je ne sais plus quelle stupide espérance ; il
me semblait que tout cela était un cauchemar, et que
j'allais me réveiller. « Reste jusqu'à demain, » lui
dis-je. Elle eut un sanglot déchirant : « Ah! pauvre
homme, comme tu m'aimes ! me dit-elle ; c'est impossible, vois-tu, il faut que je m'en aille, je l'ai promis ! » Elle partit ; au bout de deux minutes, je courus après elle ; j'ouvris la porte cochère : la rue était
déserte, une voiture s'éloignait ; je restai là longtemps à regarder les becs de gaz, dont la flamme
tremblait à travers les ténèbres. Je rentrai enfin.

« Quelle nuit ! Je marchais dans mon atelier comme

un loup dans sa cage. Un instant j'eus l'idée d'aller
chez ce M. Maurice et de l'étrangler tout simplement; mais à quoi bon? Cela m'eût-il rendu mon
bonheur envolé et ma pauvre vie tranquille perdue
pour toujours? Vous vous rappelez la statue dont je
terminais l'esquisse à ce moment : c'était Thésée
vainqueur sortant du labyrinthe. Ce Thésée, c'était
moi; j'avais enfin vaincu le Minotaure grâce à Geneviève, ou plutôt grâce à l'amour que j'éprouvais pour
elle; j'étais sorti triomphant du labyrinthe où pendant si longtemps mon existence s'était égarée; je
regardais ma statue, qui semblait me contempler
avec une tristesse ironique et me dire : « Pauvre
garçon! » Je me jetai dessus, je la renversai, et bientôt elle ne fut plus qu'une masse informe de terre
glaise. Je pleurai beaucoup, et cela me calma; puis,
vous l'avouerai-je? il me semblait qu'elle allait revenir et me demander un pardon que mon cœur lui eût
vite accordé avec la douleur de comprendre que

12

toute confiance était à jamais perdue. Ah! ce fut vainement que j'attendis; elle ne reparut pas. Dans la
journée un commissionnaire vint me demander ce
qu'elle avait laissé chez moi ; j'en fis un paquet, je le
chargeai moi-même sur la petite charrette, et je regardai partir tout cela, morne et désolé, comme on
regarde sortir d'une maison le cercueil qui contient
un être cher que la mort a élu. J'ai été sur le
point d'aller vous voir et de vous crier : Au
secours! mais à quoi bon encore? Que pouviez-
vous me dire que je ne me disais moi-même?
Je me suis sauvé à la campagne, je me suis
plongé dans la nature; mais la grande consolatrice
ne m'a point consolé. J'en ai voulu aux arbres de ver-
dir, au ciel d'être bleu, aux étoiles de briller; il m'a
semblé que tout était heureux, excepté moi, et je me
suis demandé avec un découragement sans bornes si
je n'étais pas victime d'une destinée qui me rendait
incapable de bonheur. Quand je suis revenu ici,

mon atelier m'a paru plus vaste que le désert. Je me
suis remis au travail cependant, moins pour travailler
que pour m'occuper. Je fais une Ariane. Ne riez pas,
c'est encore moi ; mais je vous jure Dieu que ce ne
sera point Bacchus qui me consolera : je ne me lais-
serai point abattre par cette infortune terrible, et c'est
à l'art seul que je demanderai la résignation à
défaut de l'oubli. Quant à Geneviève, je n'en ai pas
plus entendu parler que si elle était morte, et je ne
sais même pas si elle habite Paris. »

J'écoutai sans l'interrompre ce récit qui ne m'é-
tonna guère, et je me gardai bien de dire à Richard
que j'avais prévu ce désastre depuis longtemps. A
partir de ce jour, je le vis souvent ; il avait rompu
avec ses anciens amis, dont la présence l'embarras-
sait. « Il me semble toujours qu'on se moque de moi,
me disait-il, et cette seule pensée me met en fureur. »
Il aimait à me voir, car il n'ignorait pas la tendre
amitié que j'avais pour lui. Avec moi du moins, il ne

se contraignait pas et laissait déborder son cœur. Son
humeur était très-variable, et selon le vent qui soufflait, selon les rêveries qui l'obsédaient, il était plein
de colère ou plein d'attendrissement. Je respectais
ces contrastes dont je reconnaissais l'impérieuse impulsion, et, loin de discuter avec lui, j'essayais de le
consoler en m'associant à ses idées, quelque mobiles
qu'elles fussent. Un jour qu'il ne pouvait travailler,
il recommença vingt fois son modelé, et d'impatience
il jeta son ébauchoir. — Je ne puis rien faire aujour-
d'hui, dit-il, j'ai la main agitée; j'aurai fait des armes
trop longtemps ce matin.

— Eh ! lui dis-je, je ne savais pas que vous fissiez
de l'escrime ! Depuis quand donc avez-vous pris goût
au fleuret ?

— Il y a déjà longtemps, répondit-il avec vivacité
et en détournant la tête avec quelque embarras ; c'est
un exercice qui m'est salutaire, et puis cela me distrait.

Ce jour-là, il était très-irrité et me parla de Maurice avec beaucoup d'amertume. « Qu'avait-il besoin de Geneviève, ce monsieur? me disait-il; puisqu'il se pose en homme du monde, que fera-t-il d'une pauvre fille qui ne sait ni A ni B? Il y a dans la société plus d'une femme qui n'aurait pas mieux demandé que de jouer au sentiment avec lui. Il est riche, à ce qu'il paraît : il lui eût été bien facile, pour son argent, de rencontrer quelque espèce peinturlurée qu'il aurait menée au spectacle, et qui l'eût aidé à fumer ses cigares! Après tout, peut-être l'aime-t-il réellement. Eh bien ! s'il l'aime, il est libre, lui, pourquoi ne l'épouse-t-il pas? »

Dans nos conversations, Richard revenait obstinément sur cette idée et répétait sans cesse : « Mais pourquoi ne l'épouse-t-il pas? » J'avais essayé de lui faire comprendre que cela était bien difficile, pour ne pas dire impossible. « En quoi donc est-ce impossible, répliqua-t-il avec raideur; s'il l'aime et s'il est aimé,

12.

qu'est-ce donc qui s'y oppose? Sommes-nous pétris
d'une autre pâte les uns et les autres? Je l'aurais
épousée, moi, si j'eusse été libre; mais, vous le savez
sans doute, mon malheur est complet : je me suis marié en Espagne, et ma femme m'a quitté; sans cela,
est-ce que je n'aurais pas épousé Geneviève depuis
longtemps? »

Ces instants de colère étaient rares, je dois le dire,
et le plus souvent la mélancolie seule dominait ce
pauvre être, qui maintenant se sentait plus perdu
dans la vie que Robinson dans son île. Alors il devenait vraiment touchant dans l'expression de sa tristesse, et c'est moins à lui qu'il pensait qu'à Geneviève. « Encore, disait-il, si je savais comment elle se
porte! Avec ces beaux airs de tout savoir, ce M. Maurice ne saura peut-être pas la soigner; elle est très-
délicate, elle tousse souvent, elle a craché le sang
pendant l'hiver dernier; elle est nerveuse, la moindre
contrariété la rend malade; il ne ménagera peut-être

pas ses susceptibilités comme je les ménageais, et j'ai peur que sa santé n'en souffre. Dieu veuille que la pauvrette soit heuresse et qu'elle ne regrette jamais la vie qu'elle menait près de moi et qui l'ennuyait si fort ! »

Pour le distraire et donner un autre cours à ses idées, je l'emmenais parfois à la campage ; mais quel que fût le cercle que je fisse parcourir à son esprit pour l'abstraire un peu de lui-même, il revenait toujours et fatalement au centre douloureux d'où partaient toutes ses pensées. Ce fut pendant une de ces promenades, sur le bord des étangs de Chantilly, dont il fouettait les herbes à coups de canne, qu'il me raconta comment il avait connu Geneviève, et que je pus apprécier de quelle inqualifiable ingratitude il avait été récompensé, si toutefois il peut y avoir ingratitude quand l'amour est en jeu.

« Depuis mon retour d'Espagne, me dit-il, je vivais seul, le cœur plein de souvenirs pénibles, travaillant

et cherchant à faire une chose impossible, c'est-à-dire
à réparer le temps perdu. J'éprouvais parfois d'in-
concevables fatigues, et pour me refaire un peu, je
m'en allais à la campagne, au hasard de mes pas, qui
m'emmenaient où il leur plaisait; arrivé quelque part
à l'ombre, je m'étendais sur l'herbe et je rêvais tout
éveillé, engourdi dans une sorte de somnolence qui
n'était point sans charme. Un soir qu'après être longtemps resté dans les bois qui sont entre Bellevue et
Chaville, je revenais en suivant cette large route
qu'on appelle le pavé de Meudon, je rencontrai un
groupe de trois personnes qui se disputaient, deux
hommes et une femme. Les hommes avaient des vestes
de velours, de grands chapeaux gris, des tournures
de rapins de troisième ordre; leur voix avinée indiquait qu'ils n'avaient peut-être pas toute leur raison;
la femme était pauvrement et prétentieusement vêtue... C'était Geneviève. Nous suivions tous le même
chemin, et ils marchaient à une dizaine de pas en

avant de moi. Tout à coup ils s'arrêtèrent, et l'un des hommes frappa Geneviève au visage d'une façon si brutale qu'elle poussa un grand cri. Instinctivement je courus à son secours; d'un coup de poing j'envoyai l'homme rouler dans le bois, et je me jetai comme un furieux sur son compagnon, qui avait fait mine de venir à son aide. La femme se sauvait; je m'élançai après elle, je la rassurai. « Ah ! monsieur, me disait-elle, il va me tuer, il va me tuer ! » Elle était folle de terreur. Je la calmai; les deux hommes semblèrent se concerter; l'un d'eux me cria une injure lointaine, et ils se remirent en route. Tout cela n'est pas fort convenable, je l'avoue; mais, hélas! je ne fais pas un roman, je vous raconte mon histoire. Nous allâmes jusqu'à la station du chemin de fer, où Geneviève tremblait de rencontrer ses compagnons; ils n'y étaient pas. Lorsque nous fûmes revenus à Paris, je demandai à Geneviève où je devais la conduire; elle se mit à pleurer. « Je n'ai point de do-

micile, me dit-elle ; je logeais avec un de ces hommes,
je n'ose retourner chez lui, car après ce qui est arrivé, j'ai tout à redouter de ses violences ! » J'avais
grand'pitié de cette pauvre fille, j'étais bien seul :
que vous dirai-je? Le soir même, elle était établie
chez moi, et elle y serait encore, si elle l'eût voulu.
Qui était-elle? d'où venait-elle? elle le savait à peine
elle-même. A seize ans, elle s'était sauvée de son atelier de brunissage pour fuir les obsessions d'un con-
tre-maître; six mois après, elle se sauvait de chez sa
mère pour échapper à l'amour brutal que son beau-
père avait conçu pour elle. Ah ! il faut être indulgent
pour ces malheureuses filles et leur pardonner si elles
ne marchent pas droit entre ces deux abîmes, la cor-
ruption et la misère, qu'elles côtoient toujours, et dont
le vertige les attire sans relâche. Que devint-elle?
Elle me l'a dit souvent avec larmes, elle vécut comme
elle put, au hasard, tantôt avec un étudiant, tantôt
avec un peintre, tantôt avec un commis de magasin,

dansant dans les bals publics, soupant dans les caba-
rets, chantant des couplets grivois pour divertir les
convives, harassée de la vie, tiraillée au jour le jour,
lasse à mourir, fermant les yeux pour ne pas voir,
s'étourdissant à force de bruit, sans bons souvenirs
dans le passé, sans illusions sur l'avenir. Elle tomba
et retomba ainsi, indifférente à ses chutes, jusqu'au
jour où je la ramassai entre l'ivresse et la brutalité.

« Tout cet effroyable passé ne me découragea point.
« Je la sauverai, » me disais-je, et je me répétai des
vers que j'avais lus dans la *Marion Delorme* de Victor
Hugo. L'extrême douceur de Geneviève, sa résignation absolue, la joie profonde qu'elle éprouvait d'avoir
enfin rencontré un genre de vie tranquille, purent
me faire illusion et rendre mon erreur excusable.
A peine savait-elle lire et écrire; je ne suis pas très-
instruit moi-même, vous avez pu le remarquer souvent, mais je n'en consacrai pas moins à lui apprendre
quelque chose tout le temps que mon travail laissait

libre ; jamais un mot sorti de mes lèvres ne lui re-
procha son passé. Je ne suis pas de ces êtres fâcheux
qui tourmentent une femme en lui demandant compte
d'un passé qui ne leur a point appartenu. Comme
moi, elle avait souffert, et je pensais que deux malheureux qui s'étaient rencontrés pouvaient mutuellement se faire une existence sans chagrins et sans
amertume. Du reste, qu'importe tout ceci ? Je l'aimais,
c'est cela seulement que je devrais dire. Je ne lui en
veux pas ; j'ai vécu trois ans heureux avec elle, et je
suis certain que maintenant encore elle pense à moi
et se dit : « Pauvre Richard ! comme il m'aimait ! »
Elle peut aimer ce Maurice plus qu'elle ne m'a aimé,
mais jamais Maurice ne l'aimera comme je l'aimais ;
elle le sait aussi bien que moi, et cela me console de
bien des tristesses. »

En revenant de cette course à Chantilly, Richard
trouva chez lui une lettre qui l'invitait à passer dans
les bureaux du ministère des affaires étrangères,

pour recevoir une communication qui l'intéressait. Il y courut, et on lui remit l'acte de décès de sa femme, morte du choléra à Barcelone. Ce ne fut point sa femme qu'il regretta dans cette circonstance, ce fut Geneviève. « J'étais libre, me dit-il, j'en aurais fait ma femme, ma femme légitime, et du moins pendant ma vie, elle eût été à l'abri du besoin. » Ce cœur d'or ne se démentait pas.

Nous ne savions rien de Geneviève ni de Maurice : deux ou trois fois, sur les boulevards, j'avais aperçu ce dernier; nous avions échangé un salut, mais sans nous adresser la parole; il m'avait paru fort dégagé et très-satisfait de lui-même, comme d'habitude. Quant à Geneviève, je ne l'avais jamais rencontrée, et il y avait déjà près d'un an que Richard était veuf, lorsqu'un jour, en tournant un trottoir, je me trouvai inopinément en face d'elle. Je fis un mouvement pour m'éloigner et lui épargner l'embarras de me voir; mais elle m'avait reconnu, elle marcha

13

vivement vers moi, me tendit la main, et avant que
j'eusse pu prononcer une parole, elle me dit : « Comment va Richard ? » En lui répondant, je regardais
son visage singulièrement amaigri ; un cercle bleuâtre
entourait ses yeux, dont les orbites semblaient trop
grands. Quelque chose d'insolite me frappa dans sa
tournure, et je reconnus qu'elle ne tarderait pas à
être mère.

Elle prit mon bras, et pendant plus d'une heure
nous marchâmes à petits pas d'un bout à l'autre de la
rue, nous arrêtant parfois et parlant de Richard. Elle
voulait tout savoir, comment il était, ce qu'il devenait, s'il l'avait regrettée, s'il l'aimait encore. Je ne
lui cachai rien, et, sans lui faire de reproches, je lui
laissai comprendre dans quelle misère morale son
ancien ami vivait depuis qu'elle l'avait quitté. Elle
m'écoutait, essuyait ses yeux mouillés de larmes et
répétait à chaque instant : « Pauvre garçon ! — Et
vous, lui dis-je, êtes-vous heureuse ? » Elle secoua

tristement la tête et me répondit : « Quelquefois,
mais pas toujours. Maurice est bon, il est honnête, je
puis compter sur lui, et, ajouta-t-elle en faisant allu-
sion à son état, il y aura bientôt entre nous quelque
chose qui l'empêchera de jamais m'abandonner, même
malgré son père, qui fait, dit-il, de grands efforts
pour nous séparer; mais il est jeune, futile, il aime
à s'amuser, c'est de son âge, et trop souvent il aime
à s'amuser seul : dans ce cas-là, je trouve les journées et les soirées bien longues. Je ne dirais pas cela
à d'autres que vous, mais bien souvent, en secret, j'ai
regretté ce grand atelier silencieux où pourtant je
me suis bien ennuyée. — Avez-vous pensé quelquefois à y revenir? lui demandai-je. — Ah ! jamais,
répondit-elle avec un cri; je mourrais de honte si je
revoyais Richard. On ne saura jamais ce qu'il a été
pour moi: j'éloigne ce souvenir tant que je peux, car
lorsque je songe au prix dont j'ai payé son dévouement, toute joie m'est empoisonnée, et j'ai des envies

de m'enfuir au bout du monde. — Que dirai-je à Richard de votre part? » lui demandai-je en la quittant. Elle hésita, puis elle me répondit : « Ne lui dites pas que vous m'avez vue, cela lui ferait de la peine. »

Il me fut facile de comprendre que Geneviève n'était point heureuse, et qu'elle aimait Maurice bien plus qu'elle n'en était aimée. Ainsi que toutes les femmes qui sentent s'ébranler la confiance qui les a soutenues et se rattachent à des espérances que l'avenir doit briser, elle ne comptait déjà plus sur la tendresse de son amant. Elle se réfugiait dans la croyance à une sorte de fidélité forcée qu'un lien nouveau devait imposer comme un devoir. Quand on en est là, tout est perdu ou à peu près. Si, le jour où Geneviève m'avait dit qu'elle aimait Richard parce qu'il était bon, j'avais compris qu'elle ne l'aimait déjà plus, il ne fallait pas être sorcier pour deviner que tôt ou tard elle serait abandonnée, puisqu'elle ne comptait plus que sur la naissance prochaine de son enfant pour retenir Maurice auprès d'elle. Je ne parlai point de ma rencontre à Richard. L'avenir du reste sembla donner tort à mes prévisions ; car, plusieurs mois après avoir vu Geneviève, je l'aperçus dans un petit théâtre du boulevard avec Maurice ; elle paraissait gaie, heureuse et rajeunie.

Quant à Richard, il était toujours le même, taciturne, travailleur ; il n'avait fait aucun progrès, ses souvenirs le ravageaient. — Qu'avez-vous donc ? lui dis-je un jour qu'il était plus pâle et plus abattu que de coutume. — Ah ! répondit-il avec un soupir profond, j'ai mal à Geneviève, et c'est un mal dont je ne guérirai pas. — Parfois il rompait tout à coup les longs silences où il s'oubliait souvent par une phrase qui prouvait qu'il ne faisait que continuer à penser tout haut, et toujours dans ce cas il parlait de Geneviève. D'ailleurs il n'avait rien changé à sa vie, qui était très-simple. Le matin il faisait des armes, tout le

jour il travaillait, le soir il restait chez lui ou venait
chez moi. Bien souvent il lui est arrivé de s'asseoir
au coin de mon feu, de me dire bonjour en entrant,
de demeurer là deux heures sans ouvrir la bouche et
de partir en disant : « Allons! voilà encore une journée passée! » Sur mes instances, et voulant lui-même
réagir contre la torpeur de ce chagrin dans lequel il
se complaisait, il résolut d'aller visiter l'Italie, qu'il
ne connaissait pas. Son absence dura une année, pendant laquelle il ne m'écrivit pas une seule fois ; mais
au débotté il accourut chez moi. Son premier mot
fut : « Savez-vous comment va Geneviève? » Puis il
me raconta, non pas le voyage qu'il avait fait, mais le
voyage qu'il aurait fait, si elle eût été avec lui. Depuis trois ans que Geneviève l'avait quitté, il en était
au même point ; le temps, le travail, le voyage avaient
émoussé sur lui leurs forces destructives : il était
amoureux et plein de regret comme au premier jour.

Richard était revenu à Paris depuis deux ou trois

mois, lorsqu'un matin je reçus une lettre de Geneviève, qui me priait de passer chez elle. Je m'y rendis en hâte. Je montai au cinquième étage d'une
maison d'assez triste apparence. L'escalier, obscur et
resserré, ressemblait à un escalier de service ; il abou-
tissait à un palier où donnaient trois portes à un seul
battant ; tout cela sentait la misère et l'abandon. Je
trouvai Geneviève dans un petit appartement composé
de deux pièces, auxquelles le papier de tenture, fané,
gras et déchiré, donnait un aspect de pauvreté sor-
dide. Il faisait froid, mais il n'y avait pas de feu dans
la cheminée ; Geneviève était à demi couchée sur un
vieux fauteuil, enveloppée d'un châle, maigrie, changée à ne pas être reconnue. Près d'elle, un petit garçon d'environ deux ans, couvert d'un mauvais sarrau
d'indienne, jouait avec des cocottes en papier. Je regardai ce délabrement avec surprise. — Qu'y a-t-il
donc ? — demandai-je à Geneviève.

Elle pleura longtemps avant de pouvoir me répondre, tenant ma main, la serrant convulsivement, et ne parvenant pas à se dominer. Elle eut un long accès de toux, et cracha le sang avec abondance.

— Mais vous êtes malade? lui dis-je.

Elle haussa les épaules et hocha la tête, comme pour me dire : Qu'est-ce que cela me fait? — Ah! s'écria-t-elle dès que ses larmes lui permirent de parler, Dieu me punit. Maurice m'a quittée, et me voilà seule avec ce pauvre petit enfant, sans savoir ce que je vais devenir! Je me suis fait illusion jusqu'à la dernière minute, car je n'avais jamais pu croire qu'il m'abandonnerait et qu'il abandonnerait son enfant. Depuis longtemps déjà, j'avais bien remarqué que ses visites étaient plus rares et plus courtes ; mais j'attribuais son absence à sa jeunesse, et toujours je me disais : « Il reviendra. » Son père le tourmentait, lui refusait de l'argent, et sans cesse, voyant qu'il ne faisait rien à Paris, le rappelait à Bordeaux. Moi qui savais que Maurice n'était pas méchant, mais seulement

vaniteux comme le sont d'ordinaire les jeunes gens,
je l'engageais à céder à son père et à retourner près
de lui, promettant moi-même d'aller habiter Bordeaux et d'y mener une vie si secrète que personne
ne m'eût soupçonnée d'être sa maîtresse; mais il ne
voulait entendre à rien, il me rudoyait et me disait
que j'étais folle. Quand il lui parlais de régulariser
la position de notre enfant, qu'il n'a pas même reconnu, il me répondait : « Cela se fera, mais pas
maintenant; je ne le puis, pour des raisons de famille
que je te dirai plus tard. » Voyant que ce sujet lui
déplaisait, je me gardais de lui en parler de nouveau,
d'autant plus qu'après des conversations de ce genre
il restait quelquefois cinq ou six jours sans venir me
voir. Il y a deux mois à peu près, il me dit qu'il était
obligé d'aller à Bordeaux pour affaires; je le laissai
partir, bien contente de penser que sans doute il se
réconcilierait avec son père. Il n'y avait pas quatre
jours qu'il était absent, lorsque je reçus de lui une

13.

très-longue lettre qui me porta un coup terrible et
ne me laissait plus aucun espoir. Il me disait que son
père le menaçait de le faire enfermer et de le déshé-
riter s'il ne rompait pas avec moi, qu'on voulait le
marier, qu'il était forcé de me dire adieu pour toujours, mais qu'il n'oublierait jamais les années que
nous avions passées ensemble. Il me conjurait de rester tranquille, de ne point chercher à le voir, de ne
pas même lui écrire, parce qu'il était surveillé, de ne
pas aller à Bordeaux surtout, parce que son père, qui
avait dans la ville beaucoup de relations, ne man-
querait pas de me faire arrêter par la police ; puis il
m'envoyait quelque argent en m'assurant qu'il ne me
laisserait manquer de rien. Je fus sotte, je fis l'or-
gueilleuse et lui renvoyai son argent, lui répondant
qu'il était libre, que je n'avais pas besoin de lui.
J'avais un gros chagrin, je vous jure ; je déménageai,
je pris ce petit appartement ; je voulus lutter et vivre
de mon travail, ce n'est pas facile ; je crois bien d'ail-

leurs que j'ai la poitrine malade, je tousse jour et nuit... Que faire? Donnez-moi un conseil ; j'ai vendu ou engagé tout ce que j'avais, et je ne sais quel parti prendre.

Je prononçai le nom de Richard.

— Ah! pas cela! répondit-elle en se couvrant les yeux de ses deux mains; j'aimerais mieux mourir que de le revoir dans une telle détresse, après le mal que je lui ai fait.

Puis elle me pria d'écrire à Maurice et de lui demander une pension qui lui permît de ne pas mourir de faim et d'élever son enfant. Cette démarche me causait une répugnance extrême; je promis néanmoins de m'en charger. Geneviève acceptait la lettre de Maurice comme parole d'Évangile ; elle ignorait les choses de la vie : elle n'avait d'autre science que celle qu'elle avait pu acquérir en écoutant les gros mélodrames du boulevard; elle eût volontiers cru encore à la Bastille et aux couvents. J'essayai de la dé-

tromper, et j'y perdis ma peine. — Dites-lui bien,
reprenait-elle avec insistance, que je ne me plains
pas, qu'il est libre, que je ne veux pas l'empêcher de
se marier. Assurez-le encore que je ne le tourmente-
rai pas, que je n'irai point traîner mon enfant chez
son père; mais faites-lui comprendre ma situation.
Ce n'est pas le courage qui me manque pour gagner
ma vie, c'est la force. Dites-lui dans quel état de
santé vous m'avez trouvée. Mon Dieu, il est bon au
fond; peut-être cela l'engagera-t-il à revenir !

Je quittai Geneviève après l'avoir contrainte à accepter quelque argent, dont, hélas! elle avait grand
besoin, et je me rendis chez un de mes amis d'enfance, qui est notaire, et que je consulte avec fruit
toutes les fois que je me trouve en présence d'une
des difficultés de la vie. Je lui demandai s'il n'y avait
pas moyen de forcer Maurice à reconnaître l'enfant,
ou du moins à prendre des mesures pour assurer
d'une façon régulière le sort de Geneviève. Les ré-

ponses de mon ami me laissèrent fort peu d'espoir.
Le lendemain cependant j'allais me mettre à écrire à
Maurice, lorsque ma porte s'ouvrit avec violence, et
Richard entra. Il portait un sac de voyage à la main.
Sans préambule, il me dit : — J'ai besoin de vous, je
pars pour Bordeaux, et je vous prie de m'accompagner. — Et qu'allez-vous faire à Bordeaux? lui demandai-je en paraissant ignorer ce que je prévoyais
si bien. — Je vais, me répondit-il, prendre M. Maurice Castas par les oreilles et le souffleter sur chaque
joue. — Mais... — N'objectez rien. Il ne sera pas dit
que ce drôle aura mis mon bonheur en pièces, et
qu'il s'en ira ensuite faire le joli cœur impunément.
Tant qu'il a été avec Geneviève, j'ai gardé le silence :
ce que j'ai dévoré de fureurs, Dieu seul le sait, et
vous ne le soupçonnez même pas; mais j'ai appris
hier au soir, par hasard, qu'il l'avait quittée, et que
tranquillement, comme un beau garçon qu'il est, il
va se marier à Bordeaux. Cela ne sera pas, il n'aura

rien perdu pour attendre, et je vais le secouer de telle
façon qu'il s'en souviendra longtemps. Je ne connais
personne là-bas, j'ai besoin d'un témoin, je vous em-
mène. Cela est bien simple, et vous ne pouvez refuser de me rendre ce service.

Je dis à Richard ce qu'on a coutume de dire en pareil cas. Tout en roulant des cigarettes, il m'écoutait
impassiblement, et lorsque j'eus terminé, il me répondit : — Cela est fort bien pensé, mon cher ami ;
mais rien ne m'empêchera de souffleter ce monsieur.
Si vous ne voulez pas m'accompagner, vous êtes libre.
Je demanderai à un de mes anciens camarades d'atelier de venir avec moi. voilà tout ; mais je veux aller
à Bordeaux, et j'irai.

Je lui parlai de Geneviève alors et lui racontai la
scène de la veille. — Ah ! la pauvre fille ! s'écria-t-il.
Qu'elle est sotte de ne pas s'être adressée à moi !
Est-ce que je ne suis pas toujours ce vieux Richard à
qui elle disait : « Tu es la bête au bon Dieu ! » Ah !

je ne l'abandonnerai pas, moi, et tant que je vivrai,
je vous jure que ni elle ni son enfant ne manqueront
de rien ; mais allons d'abord au plus pressé. Dès que
nous serons revenus, mon ami, vous irez chez Geneviève et vous lui annoncerez ma visite ; si elle refuse
de me voir, eh bien ! elle ne me verra pas, mais vous
vous arrangerez de façon que la misère ne puisse jamais l'atteindre. J'ai bon courage, bon pied, bon œil,
et je saurai suffire à tout !

Chose étrange, en me parlant ainsi, il était presque
joyeux. J'eus bien vite fait mon paquet, et le lendemain nous étions à Bordeaux. Arrivés le soir, nous
résolûmes de remettre au lendemain nos recherches
pour trouver Maurice. Après notre dîner, Richard me
dit : — J'ai vu sur une affiche qu'on donne aujour-
d'hui *les Huguenots ;* allons entendre un peu de musique, cela me fera grand bien. — Après le troisième
acte nous montâmes au foyer. Comme nous nous
promenions silencieusement, je vis cinq jeunes gens

qui, se tenant par le bras, riant et causant, venaient
en face de nous. L'un d'eux était Maurice, et il était
placé de façon à passer près de Richard, qui le reconnut bien vite. — Pas d'esclandre, au nom du ciel !
lui dis-je; attendez à demain. — Richard ne me répondit pas; mais, passant près de Maurice, il le heurta
avec une extrême violence. Maurice s'arrêta et se retourna, Richard fit le même mouvement, et ils se
trouvèrent face à face. En reconnaissant Richard,
Maurice devint très-pâle et sembla se roidir sur lui-
même. — Est-ce avec intention que vous m'avez si
rudement heurté? demanda Richard de cette voix
brève et nette que prend tout homme qui cherche
une querelle.

C'était Maurice qui eût été en droit de faire cette
question; mais il comprit qu'il avait affaire à un adversaire décidé à tout, et il répondit simplement : « Je
suis à vos ordres. » On échangea les cartes, et nous
allâmes reprendre nos places aux stalles d'orchestre.

Maurice s'était hâté de me présenter un des jeunes gens qui l'accompagnaient, et j'avais pris rendez-vous avec lui, afin de régler les conditions de la rencontre.

Le spectacle terminé, comme je rentrais à l'auberge, on me remit un billet de Maurice, qui me priait de me trouver aux allées de Tourny le lendemain, vers sept heures, avant d'avoir vu ses témoins. Je fus exact. Maurice m'attendait, et vint à moi dès qu'il m'eut reconnu. Il alla droit au fait avec une netteté qui prouvait une résolution prise. — M. Richard est-il venu à Bordeaux avec l'intention de me rencontrer, ou la scène d'hier au soir n'est-elle que le fait du hasard?

Je ne lui déguisai rien.

— Alors, reprit Maurice, l'affaire doit suivre son cours, il est impossible de l'arranger ; sans cela, j'eusse été heureux de donner satisfaction à un homme envers lequel j'ai eu des torts.

Il me salua comme pour s'éloigner. Je le pris par le bras en lui disant : « Parlons de Geneviève ! » et je lui racontai tout ce que je savais de l'abandon et de la misère où s'étiolait la pauvre fille.

Il eut un geste d'impatience. — Eh ! mon Dieu ! me répondit-il, je suis disposé à faire pour elle et pour son enfant tout ce qui me sera possible; mais avouez que si, aujourd'hui même, j'essayais de régulariser leur position, ou si seulement je prenais vis-à-vis de vous l'engagement de la régulariser, je paraîtrais subir une pression et n'agir que sous le poids des provocations de M. Richard. Je ferai ce que je dois faire, mais à mon jour et à mon heure. Cette querelle est très-sotte pour moi, elle me contrarie plus que je ne puis le dire. Je dois me marier dans quinze jours, et le bruit qui va se faire autour de ce duel pourra très-bien remettre tout mon avenir en question.

Il s'échauffait par degrés, il s'irritait lui-même par

son propre ressentiment, car je restais silencieux et
me contentais de l'écouter; enfin il éclata. — Eh!
croyez-vous donc, me dit-il, que cette aventure n'ait
pas fini par me fatiguer tellement que, pour la fuir,
j'ai dû me réfugier ici? Qui se serait attendu à ce dénoûment, et qui aurait pensé que, prenant feu et
flamme pour une ancienne maîtresse, M. Richard
viendrait me compromettre dans ma ville natale, au
milieu de ma famille et de mes amis? Qu'ai-je donc
fait, après tout? Ce que font tous les jeunes gens, ce
qui se passe vingt fois par jour à Paris; j'ai été le
premier puni, et toute cette amourette m'a causé plus
d'ennuis qu'elle ne valait. Est-ce moi qui ai forcé
Geneviève à quitter M. Richard? Je ne le voulais à
aucun prix; c'est elle qui l'a exigé, c'est elle qui m'a
forcé de consentir à cette sottise. Moi, j'avais cru
tout simplement à une agréable galanterie avec une
jolie femme, voilà tout. Sans cela, me serais-je jamais embarqué dans cette galère? Quand je l'ai eue

chez moi, croyez-vous que ce fût pour mon plaisir ?
C'était un enfer ! Plus de liberté, des pleurnicheries
continuelles et toujours des reproches. J'en étais ha-
rassé, je ne comprends même pas la patience que j'ai
eue. Quand cet enfant est venu au monde, il m'a rat-
taché à Geneviève, c'est vrai ; mais elle devint de
plus en plus exigeante. Elle m'aimait, je le sais, mais
elle m'aimait mal. En somme, nous étions libres tous
deux. Si elle avait quitté M. Richard et tout abandonné pour me suivre, c'est qu'elle l'avait bien voulu.
Et puis vous savez ce qu'elle a été autrefois ; je ne
pouvais compromettre mon avenir, mécontenter mon
père, renoncer à toutes mes relations, pour m'enter-
rer avec une femme que je n'aimais plus. J'ai rompu
avec elle, j'y ai mis tous les procédés possibles ; mais
j'ai rompu définitivement. A ma place, qui donc n'en
eût fait autant, et quel est l'homme qui n'a pas sur la
conscience de pareilles peccadilles de jeunesse ? Je
ne comprends rien à la colère de M. Richard. Il est

venu ici me chercher une querelle d'Allemand. L'idée que ce duel fût possible ne m'était jamais venue à l'esprit, et franchement ce n'est pas fort agréable de se battre pour une femme comme Geneviève! Enfin je n'ai point cherché cette querelle, mais je la subirai comme un homme bien élevé doit subir ces sortes de choses.

Une heure après, les conditions du duel étaient fixées, et j'allais partir avec Richard pour le rendez-vous, lorsqu'on me remit une lettre de Maurice, qui m'annonçait que son père avait averti la police, que nous étions exposés à rencontrer des agents à l'endroit choisi, qu'il était désespéré de ce contre-temps, et qu'il nous priait, Richard et moi, de nous rendre à La Teste, où il saurait nous rejoindre le lendemain, de bonne heure, près de la chapelle d'Arcachon. Richard était furieux. — Quel contre-temps! disait-il; voilà un jour perdu, et cette pauvre Geneviève qui est là-bas sans sou ni maille !

Nous partîmes immédiatement pour la Teste-de-
Buch. En nous promenant sous les pins, au bord de
cette mer si *fertile en naufrages* que le costume ordinaire des femmes de pêcheurs est le grand deuil,
en regardant les petits chalets bâtis sur le sable, Richard me dit avec mélancolie : — Ah ! qu'on pourrait
être heureux ici ! — Sa pensée retournait vers Geneviève avec une force nouvelle, et secrètement dans
son cœur il faisait des rêves d'avenir qu'il n'osait me
raconter. Le lendemain, vers sept heures, par un
beau jour clair et froid, nous étions auprès de la chapelle d'Arcachon. Maurice ne tarda point à nous rejoindre. Il avait passé la nuit en voiture pour être
exact au rendez-vous. Le duel eut lieu à l'épée. Les
adversaires paraissaient à peu près de même force, et
il fut évident pour moi, dès les premières passes, que
Maurice cherchait à ménager Richard ; Richard fit une
parade malhabile ; l'épée de Maurice pénétra profondément dans les chairs de l'avant-bras. — Ce n'est

rien, s'écria Richard, à peine une égratignure ! — Et, malgré le sang qui coulait en abondance, il se remit en garde. Nous fîmes de vains efforts pour arrêter le combat. Richard ne voulut pas nous entendre; Maurice se contenta de dire : — Je suis à la disposition de M. Piednoël. — Les adversaires s'animaient, les coups devenaient plus pressés. Richard était très-pâle et souffrait visiblement. Il se fendit à fond, et son épée disparut presque entière dans la poitrine de Maurice. Ce garçon était brave; il resta debout pour ne point donner à son adversaire la joie de le voir tomber.

J'entraînai Richard, et en me retournant, à travers les arbres j'aperçus Maurice couché sur le sable, évanoui et les lèvres teintes de sang. Je pansai rapidement le bras de Richard, puis nous montâmes dans un bateau qui nous conduisit au Teich, où nous prîmes le chemin de fer. Nous étions seuls dans notre wagon, nous ne parlions pas; Richard rompit enfin le silence par une phrase qui continuait sa pensée :

— Quelle sottise! Tout cela l'empêche-t-il de m'avoir enlevé Geneviève et de l'avoir abandonnée après avoir empoisonné ma vie?

Sa souffrance avait augmenté, la fièvre l'agitait, une douleur aiguë avivait sa blessure. J'aurais voulu qu'il s'arrêtât à Bordeaux pour se reposer et se faire panser par un chirurgien. Richard n'y consentit pas. — Ce n'est rien, ce n'est rien, répétait-il, une piqûre, cela va se calmer, allons retrouver Geneviève. — Je lui cédai de nouveau, et j'eus tort, car à Angoulême il fallut s'arrêter. La fièvre était devenue violente, et le bras, considérablement enflé, était comme paralysé. Je fis venir immédiatement un médecin : il reconnut une inflammation du périoste de l'humérus. Il déclara qu'il serait dangereux de continuer le voyage et ordonna un repos absolu. Je m'établis à l'auberge auprès de Richard et ne le quittai pas. Il fut malade jusqu'à m'inquiéter; plusieurs fois il eut le délire, et dans ces pénibles moments où la libre direction de son âme ne lui appartenait plus, il ne parlait ni de Maurice, ni de Geneviève, mais sans cesse il prononçait le nom de Pradier, celui de son père et des autres personnes qui avaient traversé les années de sa première jeunesse. Au bout de deux semaines, les symptômes alarmants disparurent, et je pus enfin espérer de le ramener bientôt à Paris. Un jour, je trouvai Richard assis sur son lit et pleurant : — Eh ! qu'avez-vous donc ? lui demandai-je. — Ah ! me répondit-il avec un gémissement si douloureux qu'il m'alla au cœur, je pleure parce que j'ai tué ce jeune homme ; vous auriez dû m'en empêcher. Croyez-vous que jamais maintenant je puisse dormir en repos ? Et puis qui sait si Geneviève ne va pas me haïr !

J'écrivis immédiatement au témoin de Maurice, et j'avoue que je m'attendais à recevoir une réponse sinistre ; sa lettre au contraire était fort rassurante : Maurice Castas avait été pendant le premier jour con-

14.

damné par les médecins; mais peu à peu la vie
avait repris le dessus, et maintenant il était hors
de tout danger. L'affaire avait été presque ignorée à
Bordeaux, on l'avait attribuée à une sotte querelle
avec un Parisien qui se moquait de l'accent des Bor-
delais, ce qui avait valu de grands éloges à Maurice,
bien que de sages personnes eussent blâmé tant de
susceptibilité dans le point d'honneur. Sa fiancée
n'en était que plus éprise de lui, et le mariage se ferait dès que Maurice pourrait sortir. Seul, son père
avait su toute la vérité et en avait profité pour faire à
son fils un long sermon sur le péril des liaisons mauvaises. La lettre se terminait par d'aimables paroles à
l'adresse de Richard, qui eut un soupir de soulagement et un éclair de joie dans les yeux en apprenant
que, malgré l'extrême gravité de sa blessure, Maurice
était sauvé.

Ai-je besoin de dire que dans nos fréquentes causeries il n'était question que de Geneviève? Jusqu'où

allait la pensée de Richard, j'ai pu le deviner ; mais il ne l'a jamais dit entièrement. Son âme honnête s'était vite reprise à toutes sortes d'illusions, et je suis convaincu qu'attiré par le sublime vertige du dévouement, ce pauvre être, qui avait tant souffert par Geneviève, rêvait de la tirer de la misère, de se charger de son fils, de recommencer avec elle sa paisible vie d'autrefois, et, qui sait ? peut-être même de l'attacher à lui par des liens indissolubles. — C'est sa santé surtout qui m'inquiète, me répétait-il souvent ; d'après ce que vous m'avez dit, je vois qu'elle souffre, et que son mal n'a fait qu'augmenter parmi tous les chagrins qui l'ont assaillie. Je tâcherai de lui trouver à la campagne, près de Paris, une petite maison où elle pourra vivre avec son enfant, au soleil et sur la lisière des bois. J'irai la voir, pas trop souvent, le dimanche et peut-être une fois dans la semaine. Vous viendrez avec moi, cela distraira cette pauvre fille ; elle est bien jeune encore, et vous verrez qu'avec des

soins et du repos elle redeviendra forte et pourra être
heureuse encore.

J'admirais la ténacité de cette tendresse, qui per-
sistait malgré tout; mais, sachant l'amour que Geneviève avait conservé pour Maurice, je me disais : —
Ne renversera-t-elle pas tous ces beaux rêves par un
simple refus?

Nous partîmes enfin pour Paris, où nous arrivâmes
par le train-poste vers cinq heures du matin. —
N'oubliez pas nos conventions, me dit Richard : aujourd'hui vous irez chez Geneviève, vous lui racon-
terez de notre voyage ce que vous croirez devoir lui
raconter; vous lui parlerez de moi, sans insister,
plutôt pour la sonder que pour obtenir d'elle une décision. Si elle refuse de me voir, si elle est résolue à
ne rien accepter de moi, ne la brusquez pas : le temps
l'amènera sans doute à des résolutions meilleures;
mais d'une façon ou de l'autre, en la trompant même
s'il le faut, arrivez à ce résultat qu'il faut atteindre

absolument : la tirer de la misère et empêcher qu'elle y retombe jamais. Ce soir, après mon dîner, je serai chez vous, et vous me direz ce que vous avez pu faire. — Je me séparai de Richard en lui disant : « A ce soir ! » Il prit un fiacre pour aller chez lui. Quant à moi, comme le temps était beau, que le jour se levait, qne j'étais las d'avoir été longtemps assis et que j'aime à voir Paris se réveiller peu à peu sous les pâleurs de l'aube, je confiai mon bagage à un commissionnaire, et je partis à pied, lentement, bayant aux corneilles, regardant les boutiques s'ouvrir, les ouvriers se rendre à leurs chantiers, et défiler les lourdes voitures chargées de légumes qui se rendent à la halle, conduites par un charretier enveloppé de sa roulière.

Lorsque j'arrivai chez moi, je fus stupéfait d'y voir Richard, qui m'attendait. Il était effroyablement pâle et marchait dans mon salon en agitant convulsivement les bras au-dessus de sa tête.

14.

— Ah ! vous voilà ! me cria-t-il dès qu'il m'aperçut ; nous sommes des misérables d'être restés si longtemps à Angoulême. Tout est fini, tout est fini !...

— Mais qu'est-ce qu'il y a donc encore? lui demandai-je avec angoisse, ne comprenant rien à cet emportement et à ce désespoir.

Pour toute réponse, il me tendit une lettre ; elle était de Geneviève et datée déjà de douze jours en arrière. Voici cette lettre :

« Je sens que tout va bientôt finir pour moi, mon pauvre Richard, et, dans ces heures douloureuses qui précèdent la dernière, je réunis ce qui me reste de force pour t'écrire, car c'est à toi seul que je pense, à toi seul et non à d'autres. Je ne voudrais pas partir sans être certaine que tu me pardonnes, que ton cœur a gardé quelque chose pour cette Geneviève que tu as tant aimée et qui t'a si mal payé de ta tendresse. Ce n'est point ma faute, vois-tu ; je n'étais pas faite pour la vie sévère que je menais près de toi ; tu

étais trop sérieux. Ma misérable existence, qui avait
été si décousue, n'a jamais pu se plier aux graves
régularités où tu t'étais enfermé. J'ai été bien punie,
et tu n'as été que trop vengé; je n'ai point été heureuse, et plus d'une fois j'ai regretté ton grand atelier tranquille, où si souvent tu travaillais des journées entières sans même m'adresser la parole. J'ai
tort de te parler de tout cela; à quoi bon? ce qui est
passé est passé, et je sais que je ne retrouverai jamais
rien de ces heures paisibles que j'ai vécu à tes côtés.
Te souviens-tu qu'un soir, pendant que je travaillais
dans notre chambre, assise à la petite table, devant
la lampe, tu lisais un volume de Shakspeare et que
tout à coup tu jetas un cri? Je te regardai, tu avais
les yeux pleins de larmes; je t'interrogeai, et au lieu
de me répondre, tu me lus la scène où Antoine est sur
le point de mourir. « La tâche de la longue journée
est finie, et nous devons dormir ! » En prononçant ces
mots, ta voix faiblit, et l'émotion te gagna. Jamais

cette phrase n'est sortie de ma mémoire ; ô Richard,
la tâche de ma longue journée est finie, et je dois
dormir. Ah ! c'est bien fini cette fois, je t'assure. J'ai
lutté jusqu'au bout, j'espérais toujours que ma toux
se calmerait et que je reprendrais à la vie ; mais non,
ma pauvre poitrine épuisée ne peut plus supporter
le feu qui la dévore. Je suis si maigrie que je te ferais pitié ; j'ai des envies de pleurer quand je regarde
mes mains. On a voulu me porter à l'hôpital, à l'hos-
pice Dubois, je ne sais où : je m'y suis obstinément
refusée ; je n'ai jamais consenti à quitter mon taudis,
je pensais toujours que tu allais arriver, et puis mon
petit garçon poussait des cris dès qu'il comprenait
qu'on tentait de m'emmener. Je vais mourir ici : aujourd'hui, demain, après-demain ? Je ne sais, mais ce
ne sera pas long. Au reste je ne me plaindrais pas, si
je savais que l'enfant ne manquera de rien : mais qui
va maintenant en avoir soin ? Son père ne voudra jamais le prendre avec lui parce que ça pourrait lui

nuire. Si tu savais, ce pauvre petit, comme il est gentil et aimant! Hier je pleurais toute seule, la tête dans mon oreiller; il a vu cela, il a grimpé sur une chaise, puis sur mon lit; il a essuyé mes larmes avec ses petites mains en m'offrant du sucre; il m'a dit : « Ne pleure pas, va, voici du nanan! » Ah! Richard, que c'est dur de mourir à vingt-six ans et de laisser derrière soi un enfant si jeune que bientôt il aura oublié qu'il avait une mère! Enfin il ne faut pas que je pense à cela, parce qu'alors je m'attendris et je ne suis plus bonne à rien; puis il faut que je te dise tout... Je sais que tu n'es pas à Paris, je sais que tu es à Bordeaux, et je sais pourquoi. Est-ce donc possible que tu aies fait cela pour moi? Tu m'aimais donc encore? Tout cela m'a bouleversée, et si fort que depuis ce moment je vais m'affaiblissant d'heure en heure. C'est le père de M. Maurice qui m'a écrit. Quelle lettre! Il me dit que j'ai débauché son fils, et que s'il n'est pas mort, ce n'est pas ma faute. Que ré-

pondre? Je sais que sa blessure n'est point mortelle
et que son mariage n'est pas rompu : je n'ai donc
rien à me reprocher; pourquoi vient-on me tour-
menter quand je ne sais pas même si je vivrai jusqu'à ce soir? Mais toi, où es-tu? Pourquoi n'es-tu pas
revenu à Paris? Voilà cinq jours de suite que j'envoie
chez toi; sans cesse la même réponse : Il est à la campagne. Est-ce que ta blessure est grave? Mon Dieu!
quelle folie tu as faite! Il faut que ton ami M... soit
bien bête pour t'avoir laissé te battre. C'est bien
étrange, mais il me semble que tout cela a déchiré
quelque chose qui m'enveloppait le cœur, et je crois
m'apercevoir maintenant que je n'ai jamais aimé que
toi. Je ne te dis pas cela pour te faire plaisir, c'est la
vérité sainte! Je ne sais pas ce que je donnerais pour
te voir entrer, là, devant moi, et me dire de ta bonne
voix des jours passés : « Bonjour, ma petite fille... »
Et mon enfant? Je ne te demande rien, je n'ose rien
te demander. Qu'est-ce qu'il va devenir? La voisine,

qui est une bonne femme, me promet bien de le garder auprès d'elle ; mais elle est pauvre, elle n'est plus
jeune, et c'est une charge très-lourde qu'un enfant à
élever. Il y a des maisons où l'on recueille des orphe-
lins ; ah ! mon Dieu ! dire que son père sera si riche !
On mettra peut-être le petit dans une de ces maisons-
là ; on dit que les enfants n'y sont pas trop mal, et
qu'on en fait de bons ouvriers. Il me semble que je
serais plus tranquille, et que je partirais sans trop de
chagrin, si j'étais certaine que tu iras le voir quelquefois, que tu lui donneras de bons conseils, et que
tu lui parleras de moi, car c'est là surtout ce qui me
désespère. Je sens que cet enfant va m'oublier ; ce
n'est pas sa faute, il est si petit, il ne se rappellera
plus... Je ne veux pas, entends-tu ? je ne veux pas
qu'il m'oublie ; jure, toi qui n'as jamais menti, jure-
moi que tu lui parleras de sa mère. C'est affreux ce
que je te demande là, car cet enfant, tu es en droit de
le haïr. J'espère encore que je ne mourrai pas sans

t'avoir revu, ça me ferait tant de bien de te serrer la main ! Je m'y suis reprise à plus de dix fois pour t'écrire cette lettre ; je ne suis pas forte, et cela me fatigue beaucoup. Parmi mes pauvres nippes, il y en a quelunes qui ne sont pas mauvaises et qu'on pourra utiliser, il y a surtout deux paires de draps presque neufs ; on pourrait en faire de bonnes chemises pour le petit ; depuis si longtemps que je suis malade, je n'ai pu m'occuper de rien, et son trousseau est bien incomplet. Il faut que je me fasse une raison, et que je termine cette lettre ; c'est à peine si j'ai le courage de la finir : il me semble que lorsqu'elle sera fermée, je vais mourir tout de suite. Il le faut, cependant ; je ne te recommande pas de penser à moi, je sais que jamais tu ne m'oublieras... Adieu, Richard ; non, pas ainsi, en deux mots, comme autrefois tu m'avais appris à l'écrire : à Dieu ! »

Lorsque j'eus terminé cette lecture, Richard se leva, essuya violemment ses yeux : — Assez pleurer

comme ça ! dit-il, allons chercher l'enfant. — Je ne
pus m'empêcher de prendre cet honnête homme entre
mes bras et de le serrer contre ma poitrine. Nous
fûmes bientôt arrivés à la maison qu'avait habitée
Geneviève ; la pauvre fille était morte depuis huit
jours ; nous entrâmes chez la voisine qui avait re-
cueilli le petit garçon. C'était une femme veuve et
âgée, qui gagnait pauvrement sa vie en faisant des
ménages dans le quartier ; elle nous raconta les dernières heures de Geneviève. — C'était bien triste à
voir, nous dit-elle ; elle s'éteignait, elle s'éteignait
sans trop souffrir, mais si visiblement que ça retournait le cœur de la regarder. Elle attendait toujours
un monsieur qui devait venir et qu'elle nommait Richard ; elle avait eu une singulière fantaisie, c'était
d'avoir un portrait de la Madeleine ; elle priait en le
regardant, et elle disait que ça lui faisait du bien.
Elle s'en est allée, la pauvre jeunesse, sans trop s'en
apercevoir, on eût dit qu'elle dormait ; mais le petit

15

s'est mis à pleurer en disant que sa maman avait froid.
Alors j'ai compris que le bon Dieu l'avait rappelée ; il
y a de cela huit jours. Tous les locataires de la maison l'ont suivie jusqu'au cimetière, parce qu'elle
était bonne, très-douce, et qu'ici chacun l'aimait.
Moi, j'ai pris l'enfant, et je le garderai tant que ça se
pourra ; on dit que son père est riche : il me semble
qu'il devrait bien s'en charger.

Richard attira l'enfant vers lui : — Veux-tu venir
avec moi ? lui dit-il.

— Je veux aller avec maman, répondit le petit
garçon.

Richard se jeta contre la muraille en sanglotant.

J'appris à la bonne femme qui nous étions, et j'a-
joutai que Richard venait chercher l'enfant, dont il
consentait à se charger. — Que Dieu vous bénisse,
mon cher monsieur ! répondit-elle ; le petit sera mieux
chez votre ami que chez moi ; c'est égal, ça me fait
un singulier effet de quitter cet enfant. Quand sa

mère était trop souffrante, il venait jouer dans ma chambre ; depuis qu'elle est morte, je l'ai toujours eu avec moi, pendu à mes jupes ; je m'y suis attachée, et ça me chagrine de le voir partir.

Richard se retourna vers elle. —Voulez-vous entrer à mon service ? lui dit-il ; je vous donnerai de bons gages, et vous soignerez l'enfant ; moi, je ne m'entends guère à cela, et il est encore bien jeune pour que je puisse lui être vraiment utile. Plus tard, je me charge de le diriger et de le mettre en bon chemin.

La vieille femme accepta avec joie, et il fut convenu que le jour même elle viendrait avec l'enfant s'établir à l'atelier. — Vous connaissez un notaire ? me dit Richard. — Oui ; pourquoi ? — Comment ! pourquoi ? répliqua-t-il, mais pour aller reconnaître cet enfant ; je lui servirai de père, puisque le sien est inconnu, ajouta-t-il avec un sourire de colère et de mépris ; ce sera autant d'économie pour MM. Castas père et fils. Le nom de Piednoël est un nom comme

un autre, et ce pauvre Pradier — celui-là aussi est
mort — m'avait souvent prédit que je le ferais sortir de l'oubli; il s'est trompé dans sa prédiction...
L'enfant le portera dignement, ce nom que je laisse-
rai toujours obscur; je vous en réponds, car j'y veil-
lerai.

Tout ce que Richard désirait se fit le jour même :
l'enfant fut légalement reconnu, et le soir il était couché dans la petite chambre que sa mère avait jadis
occupée auprès de l'atelier. — Allons, me dit Richard, lorsque je le quittai au bout de la journée,
ce n'est pas cela que je m'attendais à trouver à Paris;
mais enfin cette pauvre Geneviève, si elle voit ce qui
se passe ici-bas, doit être contente et rassurée sur le
sort de son fils.

Une quinzaine de jours après ces événements, je
reçus une lettre de Maurice. Il me disait qu'il était
prêt à faire pour Geneviève et son enfant ce que je
jugerais convenable. Je montrai la lettre à Richard. —

Répondez-lui, me dit-il, que Geneviève est morte, et que par son testament elle a confié son fils à une personne qui en prend soin ; que du reste, lui, M. Maurice, n'a rien à faire en tout ceci, puisque l'acte de naissance de l'enfant porte la formule : *père inconnu*. S'il réclame, dites-lui qu'on a vendu le bambin au Grand Turc et que vous ne savez pas ce qu'il est devenu ! — Je me conformai au désir de Richard en écrivant à Maurice, qui sans doute fut fort heureux d'être débarrassé des soucis de la paternité, car il ne me répondit même pas.

Au retour d'une absence qui avait duré plus d'un mois, un matin j'allai voir Richard ; je le trouvai habillant lui-même le petit garçon. Il ne s'en tirait pas trop mal, quoiqu'il jurât plus que de raison lorsque les boutons étaient plus larges que les boutonnières.

— Il va bien, le petit luron, me dit Richard ; nous sommes les meilleurs amis du monde, et il m'appelle papa gros comme le bras ; il fait sa prière soir et matin, et il prie pour sa pauvre mère, qu'il n'oublie pas.

— Comment s'appelle-t-elle, ta maman?

— Geneviève, répondit l'enfant d'une voix sérieuse.

— Et où est-elle maintenant?

— Elle est avec le bon Dieu.

Nous entrâmes dans l'atelier; une nouvelle statue était en train : c'était une Madeleine levant les yeux vers le ciel et tendant les mains par un geste de supplication. Sur la dalle où elle s'agenouillait, on lisait la grande parole : *Quia dilexit multum.* La tète de la sainte était le portrait de Geneviève. Je félicitai vivement Richard et lui prédis un succès à la prochaine exposition.

— Elle ne sortira jamais de mon atelier, me dit-il; c'est pour le marmot que je fais cela, afin qu'ayant toujours sous les yeux les traits de sa mère, il ne puisse jamais l'oublier. Je trouverai un beau morceau de marbre, je le pratiquerai moi-même, et nous garderons cela ici avec nous, comme un portrait de

famille. Ce sera ma dernière statue : aussi je la soi-
gnerai.

— Comment! lui dis-je, votre dernière statue?

— Oui, reprit-il avec tristesse, la dernière. Je ne
suis plus libre, j'ai charge d'âme : ne suis-je pas père
de famille, et ne dois-je pas à l'enfant que voilà le
pain et le reste? C'est un beau métier que de faire des
statues, mais ça ne donne pas de quoi manger. Le
gouvernement a ses idées ; il se soucie de l'art autant
que d'une vieille constitution, et il croirait volontiers
qu'il y a des carrières de marbre où l'on trouve des
statues toutes faites. Pour obtenir une commande, il
faut aller voir le ministre, le secrétaire du ministre,
le chef de division, le chef de bureau ; je n'ai pas le
temps. C'est ma faute; j'ai perdu vingt ans en Espagne, je n'ai plus de relations; les avenues sont
obstruées, et je n'ai pas les coudes assez solides
pour frayer ma route. Il n'y a pas à penser aux par-
ticuliers, ils ne sont pas assez riches pour acheter des

statues. Il y a bien les loteries encore, je le sais; mais
j'avoue que je n'ai jamais compris que l'on tirât des
œuvres d'art au sort, comme à la foire on tire des ma-
carons au tourniquet. Quand j'étais seul, j'étais libre
de faire ce que je voulais, aujourd'hui ce n'est plus
cela : il faut que j'élève cet enfant, qui est devenu
mon fils, que je lui fasse donner une bonne instruc-
tion et que je lui laisse un petit héritage, car je ne
veux pas qu'il s'épuise comme moi à marcher par les
chemins de la misère. J'ai donc besoin d'argent, et je
dois en gagner. Je vais retourner chez mes bronziers
du faubourg du Temple; il se trouvera toujours des
bourgeois enrichis qui voudront des lustres Louis XIV,
des pendules Louis XV et des garnitures de chemi-
nées Louis XVI; c'est mon affaire. J'ai de l'activité,
de la rapidité dans la main; je vais me remettre à ce
métier, que je faisais dans ma jeunesse pour satisfaire à mes plaisirs, et qui aujourd'hui doit fournir à
l'éducation et à l'avenir de cet enfant-là.

— Mais l'art? lui dis-je.

— Ah! l'art! reprit-il avec un soupir profond qui contenait tous les efforts et toutes les douleurs du renoncement, l'art, c'est fini, je n'y toucherai plus. Si j'étais un faiseur de mots, ajouta-t-il avec un triste sourire, je vous dirais : Je ne ferai plus d'art, mais je ferai un homme !

Et saisissant l'enfant qui jouait près de lui, il l'assit tout entier dans sa large main et lui dit d'une voix émue :

— Car tu seras un homme, mon gars, je t'en réponds, ou tu auras affaire à moi !

FIN.

TABLE

—

Paris. Imprimerie PILLET fils ainé, rue des Grands-Augustins, 5.

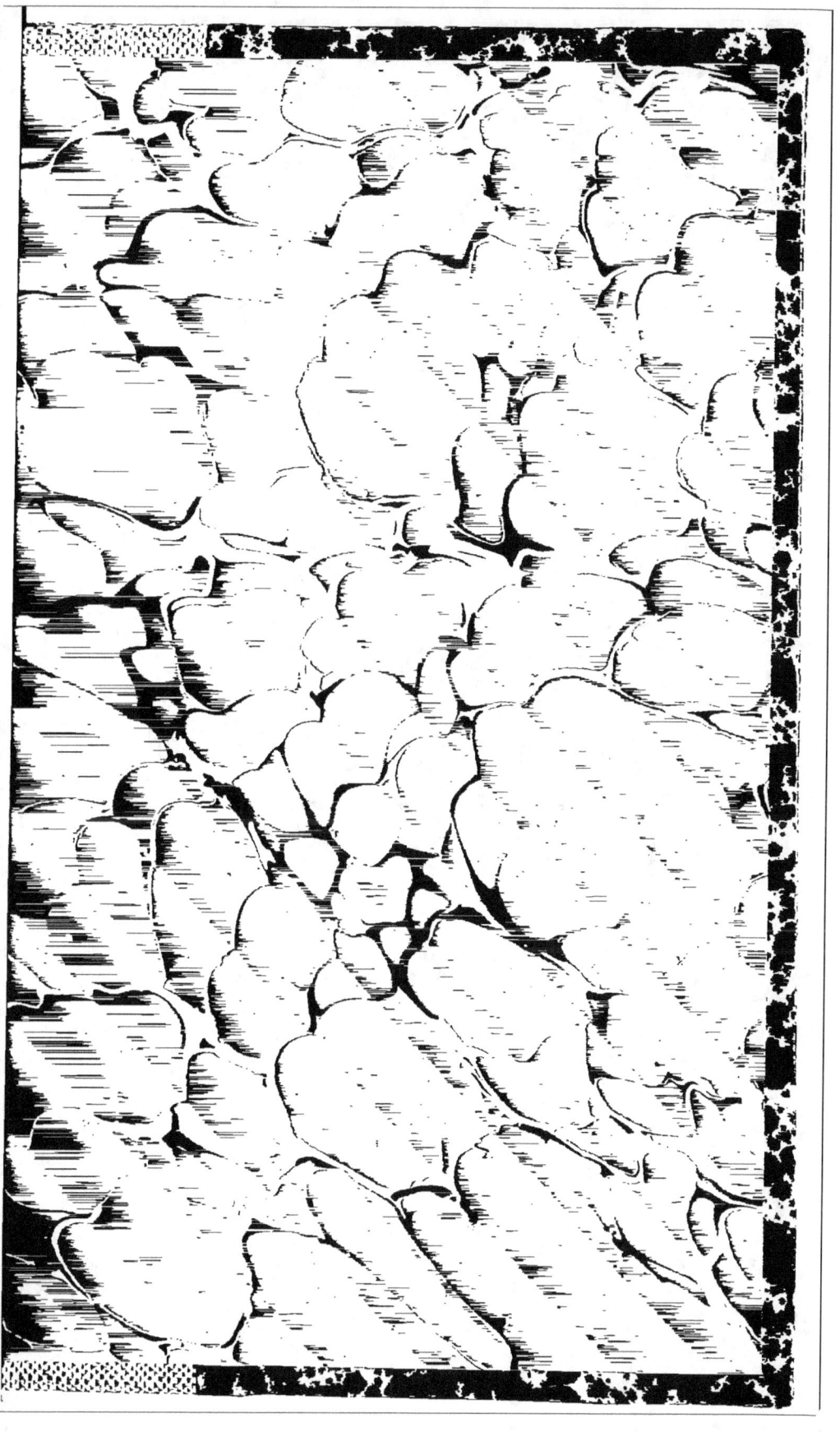

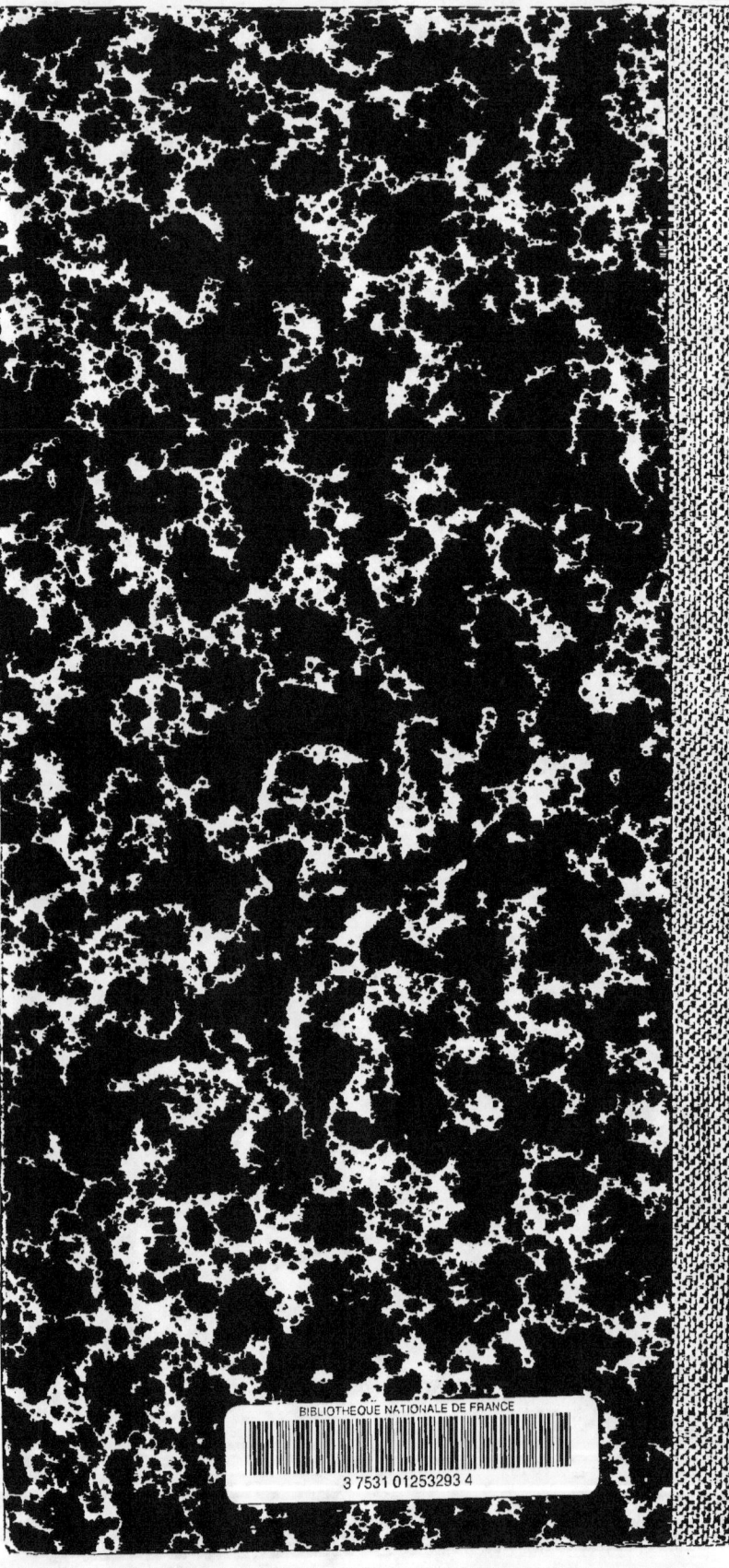